suhrkamp taschenbuch 3766

AF198261

Es ist Weihnachtszeit in Argentinien und Hochsommer. Dem 14jährigen Ariel, der nach der Schule im Gemüseladen »Mein Gefühl« jobbt und am liebsten mit seinen Freunden Fußball spielt und über Frauen fachsimpelt, stehen besonders heiße Tage bevor: Er ist verliebt in Patricia, ein Mädchen aus einem ärmlichen Stadtviertel, das Ariel noch nie betreten hat, und er erlebt alle Höhen und Tiefen der ersten Liebe. Doch dann geschieht etwas Ungeheuerliches: Der größte Stolz von Patricias Vater, der Fußball, mit dem der begnadete Diego Maradona als Kind gespielt hat, wird von einer Bande Krimineller geklaut. Ariel und seine Freunde beschließen, den Ball zurückzuholen – und damit zum erstenmal ihre behütete Welt zu verlassen und sich in ein wahrlich lebensbedrohendes Abenteuer zu stürzen.

Mit tiefgründigem Witz und charmanter Leichtigkeit erzählt Sergio Olguín vom Zauber der ersten Liebe, von Fußballtoren, die besser nicht geschossen worden wären, von Unrecht und Willkür, Solidarität und Hoffnung.

Sergio Olguín
Die Traummannschaft

Roman

Aus dem Spanischen von
Matthias Strobel

Suhrkamp

Die Originalausgabe erschien 2004 unter dem Titel
El equipo de los sueños
bei Grupo Editorial Norma, Buenos Aires.
© Sergio S. Olguín und Editorial Norma, 2004

Die Übersetzung aus dem Spanischen wurde
mit Mitteln des Auswärtigen Amtes unterstützt
durch die Gesellschaft zur Förderung der Literatur aus Afrika,
Asien, Lateinamerika e. V.

3. Auflage 2019

Erste Auflage 2006
Deutsche Erstausgabe
suhrkamp taschenbuch 3776
© der deutschen Ausgabe
Suhrkamp Verlag Frankfurt am Main 2006
Suhrkamp Taschenbuch Verlag
Printed in Germany
Umschlag: hißmann, heilmann, hamburg
ISBN 978-3-518-45766-5

Die Traummannschaft

Für Luis Chaparro, Daniel Cholakian,
Fabio Cholakian,
Carlos Prado und Pablo Santos

Sie, das werdet ihr sein einst,
in stets erneuerten Leben,
neu, wie jeder Tagesanbruch neu ist.
Ernesto Cardenal

Der Ball bleibt immer sauber.
Diego Maradona

Erster Teil

Der Waagenjunge erzählt seine Geschichte

Letztes Jahr, mit vierzehn, waren die drei Kilo Orangen mein größter Stolz. Ein Kilo kann jeder abwiegen, aber drei Kilo, das ist schon schwieriger. Wenn ein Kunde mein Lieblingssonderangebot haben wollte (viel mehr Angebote gab's auch nicht im Gemüseladen, um ehrlich zu sein), nämlich die drei Kilo Orangen zu einem Peso, nahm ich eine große Plastiktüte, ging zur Kiste und packte die Tüte voll mit blassen, ja fast schon bleichen Orangen. Deshalb haben sie auch nur einen Peso gekostet. Die waren aber nicht schlecht, vom Geschmack her, meine ich, und saftig waren sie auch, obwohl sie so blutarm aussahen. Na ja, ich packte also die Tüte voll und brauchte sie nicht zu wiegen: Ich wußte, daß ich genau drei Kilo reingetan hatte. Trotzdem stellte ich die Tüte auf die Waage, damit der Kunde auch mitbekam, was für ein gutes Händchen ich hatte. Die meisten Leute bemerkten gar nicht, daß sie gerade Zeuge eines Wunders geworden waren. Nur ein paar gratulierten mir, weil ich exakt drei Kilo abgepackt hatte, keine zehn Gramm mehr, keine zehn Gramm weniger. Der Trick bestand nicht darin, die Orangen abzuzählen, dazu waren sie von der Größe her zu unterschiedlich. Der Trick waren meine Arme, mein ganzer Körper, der die Gabe hatte, die drei Kilo zu erspüren. Eine menschliche Waage.

Nicht daß Sie jetzt denken, ich hätte mein Leben lang nichts anderes getan, als Obst zu verkaufen. O nein, ich mochte überhaupt kein Grünzeug, außer Bananen und Kartoffeln in allen Variationen hatte ich in einem Gemüseladen noch nie was entdeckt, das mich interessiert hätte. Seit gut einem Monat arbeitete ich in dem Gemüseladen »Mein Gefühl«. Für das Gefühl und den Gemüseladen war mein Onkel Roberto zuständig, der Türke, wie sie ihn überall nannten. Und mich nannten sie den kleinen Türken, den Türken Ariel oder den Sohn der Türkin. Die Türkin, das war meine Mama, die Schwester meines Onkels. Dabei waren wir gar keine Türken. Meine Großeltern mütterlicherseits waren Armenier. Ich hab mich nie darüber aufgeregt, daß sie Türke zu mir sagten, aber ich erinnere mich noch gut daran, daß mein Opa, als er noch lebte, regelmäßig ausrastete, wenn jemand aus der Nachbarschaft ihn Türke nannte. Dann schimpfte er los, und zwar in seiner Muttersprache, und er hatte wohl einige beleidigende Sprüche drauf, zumindest lief meine Oma jedesmal rot an und schimpfte ihn dann ihrerseits aus. Vielleicht brachten sie mir deshalb nie Armenisch bei, damit ich ja nicht die Schimpfwörter verstand, die mein Opa da von sich gab.

Mein Onkel Roberto hatte immer irgendein Geschäft am Laufen. Er lebte vom Geschäftemachen. Er kaufte ein Stück Land, stellte ein Fertighaus drauf und verkaufte es wieder. Er kaufte ein Schrottauto, reparierte es, lackierte es schwarz-gelb und fuhr damit Taxi. Als sie ihm verboten, Leute zu befördern, weil seine Papiere nicht in Ordnung waren, nahm er es nicht weiter tragisch. Er lackierte den Wagen kurzerhand blau, setzte eine lügenhafte Anzeige in die Zeitung (»Juwel von Auto, nie Taxi«, nie legales Taxi, hätte er schreiben müssen) und verkaufte es. Er kaufte auch Taschenlampen in großer Stückzahl, chinesische Minischeren, thailändische Nadeln und T-Shirts im Once-Viertel. Er verkaufte, verkaufte weiter, kaufte, tauschte. Er verdiente einen Haufen Geld, verlor aber auch jede Menge. Ihn trieb nicht der Wunsch an, Millionär zu werden, was ihn am Geschäftemachen reizte, war vielmehr die Herausforderung.

Ich weiß nicht, wer ihn davon überzeugte, daß ein Gemüseladen das große Geschäft war. Jedenfalls entschied er sich unter den zig Möglichkeiten, Waren gegen Geld zu tauschen, am Ende für einen Laden, nicht zu klein, aber auch nicht zu groß, in der Avenida Ejército de los Andes. Für mich ist die Avenida Ejército de los Andes die Avenida San Martín, die mein Onkel wiederum Avenida Santa Fe nennt. Es ist nämlich so, daß die Avenida in Lanús, in dem Viertel, in dem wir wohnen, Santa Fe oder San Martín heißt. Avenida Ejército de los Andes heißt sie erst, wenn man nach Lomas de Zamora reinfährt.

Wenige Häuserblocks entfernt von einer Ausfallstraße, die wegen der schlechten Beleuchtung Camino Negro heißt, und gerade mal drei Querstraßen weg vom Armeleuteviertel Villa Fiorito machte mein Onkel also einen Gemüseladen auf. Sicher, in dieser Gegend gab's noch keinen Gemüseladen, aber wenn wir schon dabei sind, es gab auch keine Videoläden, Tierärzte oder Eisenwarengeschäfte. Trotzdem hatte er sich in den Kopf gesetzt, einen Gemüseladen aufzumachen.

»Dafür gibt's eine ganz einfache Erklärung«, sagte mein Onkel, während er sich ein Glas Wermut genehmigte und den Grill anwarf, eine Sonntagsbeschäftigung, zu der er sich verpflichtet fühlte, seit mein Vater vor knapp zwei Jahren »in den Urlaub gefahren war«, ohne Mama und mich. »Die vier Säulen der Familienernährung sind: der Laden an der Ecke, die Metzgerei, die Bäckerei und der Gemüseladen. In dieser Gegend hier gibt es vier Lebensmittelgeschäfte, zwei Metzgereien und drei Bäckereien, aber nur einen winzigen Gemüseladen am Eingang zu Villa Fiorito, und der hat nur wenig Angebot und ist auch noch teuer. Ich hab da einen Freund, der besorgt mir gute Ware vom Markt in Turdera, und die verkaufen wir dann zu einem guten Preis.«

»Und der kleine Kiosk?« sagte ich.

»Was soll sein mit dem Kiosk?« fragte mein Onkel leicht gereizt, weil seine Erläuterung bei mir kein bewunderndes Echo gefunden hatte.

»Na, die fünfte Säule der Familienernährung ist der Kiosk. Süßigkeiten, Zigaretten, Limos. Findest du nicht?«

Ohne auf mich einzugehen, nahm mein Onkel einen Schluck Wermut, schüttelte den Kopf und stocherte in der Grillkohle herum. Ein toller Typ, mein Onkel. Ein bißchen hitzköpfig, aber ein toller Typ.

Meine Mutter hielt es für eine Schnapsidee. Daß ihr Bruder wenige Häuserblocks entfernt vom Camino Negro und nur ein paar hundert Meter weg von einem Armeleuteviertel einen Gemüseladen aufmachen wollte, kam ihr fahrlässig vor. Und als er auch noch vorschlug, daß ihr Sohn, also ich, dort als Verkäufer arbeiten könnte, hielt sie ihn endgültig für übergeschnappt.

»Jetzt hör mir mal zu, Amelia«, sagte mein Onkel, »das Viertel ist ruhiger als diese Gegend hier.« Er breitete seine Arme weit aus, um offenbar sowohl Catamarca als auch Resistencia mit einzuschließen. »Ist ihm bestimmt recht, wenn er ein paar Pesos verdienen kann. Er wird allmählich erwachsen und möchte über sein eigenes Geld verfügen.«

»Er geht noch zur Schule, Roberto, und das wird auch so bleiben.«

»Er soll ja auch nur nachmittags arbeiten.«

»Nachmittags hat er Sport.«

»Dann kommt er eben an diesen Tagen nicht. Außerdem sind bald Ferien.«

Da hatte er recht. Es war bereits Ende Oktober, das

Schuljahr dauerte nur noch einen Monat. Was die Noten anging, war alles paletti. Nur in Geographie hatte ich im Schnitt nicht genügend Punkte, und da würde die Nachprüfung obendrein erst im März sein. Dadurch ging es im letzten Monat um nichts mehr, ich mußte ihn nur noch hinter mich bringen, damit diese unerträgliche neunte Klasse endlich geschafft war.

Es ist mir nach wie vor ein Rätsel, wieso mir meine Mutter erlaubt hat, in dem Gemüseladen anzufangen. Wir vereinbarten, daß ich montags, dienstags und donnerstags von drei Uhr bis zum Geschäftsschluß um acht arbeiten würde, und samstags von neun bis drei. Mittwochs und freitags konnte ich ebenfalls hin, vorausgesetzt, ich hatte kein Sport. Er würde mir zwölf Pesos pro Tag zahlen, dazu den Bus, und außerdem durfte ich so viel Obst und Gemüse mit nach Hause nehmen, wie ich wollte. Manchmal denke ich, daß es letzteres war, was meine Mutter überzeugt hat. Nicht so sehr, weil wir dadurch das Geld für Äpfel und Tomaten sparen konnten (was uns nicht ungelegen kam bei dem Lohn, den sie als Verkäuferin in einem Kurzwarenladen erhielt), sondern weil sie sich nicht selber zu dem Laden bemühen mußte. Sie haßte Einkaufen. Und ich auch.

»Unser kleiner Türke wird jetzt also auch Gemüsehändler«, sagte Ezequiel in der Pause, nachdem ich erzählt hatte, daß ich nächsten Montag anfangen würde zu arbeiten.

»Da wirst du deine wahre Berufung entdecken«, ermutigte mich Pablo hinterfotzig, während er, ohne uns davon anzubieten, Alfajorkekse mampfte.

Ezequiel und Pablo sind meine besten Freunde. Pablo und ich sind schon seit der Grundschule Kumpel, und

Ezequiel haben wir in der neuen Schule kennengelernt, als wir in die achte Klasse kamen. Wir hängen immer zusammen rum. Ezequiel und Pablo sind völlig verschieden. Ezequiel spielt in der Jugendmannschaft von El Porvenir, in Sport ist er ein As, da hat er eine Zehn. Dafür muß er im Dezember in vier und im März in drei weiteren Fächern in die Nachprüfung gehen. Er hatte schon so etwa drei Freundinnen, und wenn er wollte, könnte er mit jedem Mädchen der ersten Oberstufenklasse gehen. Na ja, nicht mit jeder. Carolina hat sich nie für ihn interessiert.

Pablo hingegen ist ein Intelligenzbolzen, Sieben ist seine niedrigste Note, er liest den ganzen Tag, und wenn ihm ein Mitschüler blöd kommt, von wegen weil er so schwach auf der Brust wirkt, dann schaut er ihn dermaßen verächtlich an, daß es mehr weh tut als die stets einsatzbereiten Fäuste von Ezequiel. In der achten Klasse hatten sie Pablo auf dem Kieker, da hat er einige Prügel einstecken müssen. Nicht mal die Freundschaft mit Ezequiel hat ihm damals was genützt. Aber in der Neunten wurde alles anders. Eine aus der Klasse wurde fünfzehn, und auf ihrem großen Fest hat Pablo eine Schachtel Zigaretten rausgeholt und eine geraucht. Seither haben alle Angst vor ihm, weil sie vermuten, daß er ein ausschweifendes Leben führt. »Junkie«, rufen sie ihm nach, oder »Perversling«, und niemand außer Ezequiel und mir weiß, daß er nur einmal geraucht hat, und das war auf diesem Geburtstag.

Ich bin nicht wie Ezequiel und ich bin auch nicht wie Pablo. Eigentlich weiß ich nicht so genau, wie ich bin. An manchen Tagen fühle ich mich so stark wie Ezequiel und so intelligent wie Pablo. Und an anderen Tagen fühle ich mich so wehrlos wie Pablo und so überfordert wie Ezequiel bei einer Mathematikaufgabe. Vor einem Jahr hing es rein und ausschließlich von dem ab, was Carolina zu mir sagte, ob ich von dem einen Zustand in den anderen geriet. Auf sie komme ich später zurück.

Wir drei sind wirklich sehr verschieden. Zu allem Überfluß ist Ezequiel für River, Pablo für Independiente, und ich bin für Boca. Wir haben aber auch was gemeinsam (neben dem hellblau-weiß gestreiften Trikot), und zwar sind wir alle drei auch Fans von El Porvenir. In der Regionalliga Primera B ist das unser Fußballclub, ohne Wenn und Aber, so wie man eben auch für die Nationalmannschaft ist. Jeden zweiten Samstag gehen wir ins Stadion von El Porve, ab und zu gehen wir auch hin, um Ezequiel spielen zu sehen, und wann immer irgendwo gekickt wird, wir sind dabei. Mit Pablo habe ich schon von klein auf gespielt, bei ihm auf dem Hof, und als wir größer waren, haben wir immer Köpfen geübt, mit einem Lederball, der ein bißchen platt war, wobei wir aufpassen mußten, daß kein Blumentopf zerdeppert wurde. Die besten Doppelpässe habe ich daheim bei Pablo mit der Hofmauer gespielt.

Niemand, der uns allein sieht, würde denken, daß wir enge Freunde sind. Vor allem Pablo und Ezequiel. Manchmal frage ich mich selbst, wie einer, der an nichts anderes als ans Trainieren denkt, und einer, der Geschichten über Männer liest, die sich in Kakerlaken verwandeln, so viel Zeit miteinander verbringen können. Und trotzdem ist es so; ob ich dabei bin oder nicht, die beiden quatschen über Fußball oder eine Sendung im Fernsehen, über irgendeinen Film, den sie auf Video gesehen haben, oder die Umtriebe des Serienmörders, den sie gerade geschnappt haben. Vielleicht liegt es daran, daß, wenn wir drei zusammen sind, Ezequiel keine Tormaschine ist, Pablo kein Büchernarr und ich kein schwatzhafter Pterodaktylus. Am Ende glaube ich selbst noch, daß wir uns ähnlich sind.

Carolina: In der achten Klasse wurden wir gezwungen, die Schulbank mit einem Mädchen zu teilen. Ich mußte mich neben Carolina setzen. Natürlich hätte ich lieber neben Pablo gesessen. Es gab einige Proteste. Sie führten aber zu nichts, weil wir eben nicht einfach machen durften, was wir wollten, also teilten wir schließlich die abgewrackte Schulbank mit den immer irgendwie nervigen Mädchen.

Was jetzt kommt, wirft ein schlechtes Licht auf mich, ich weiß: In diesem Jahr hatte ich es immer eilig, in die Schule zu kommen, weil ich dann da sitzen konnte, links von ihr. Ich mochte es, sie neben mir zu spüren, in ihrem makellosen weißen Kittel, mit ihren Haaren, die in einen langen Zopf mündeten.

Carolina sieht toll aus, ist aber auch intelligent. Sie hat viel Ahnung von Musik und Kino, vom Fernsehen redet sie immer ganz abschätzig. Am Anfang haben wir uns nicht gut verstanden. Ich wußte nicht, wie ich mit ihr umgehen sollte, ich glaube, ich habe mich manchmal ganz schön blöd benommen. Aber dann wurde es besser, wir haben uns irgendwie zusammengerauft, und am Ende waren wir fast Freunde. In der neunten Klasse durften wir uns aussuchen, neben wem wir sitzen wollten, und ich hätte ein Auge geopfert, um neben ihr sitzen zu dürfen. Ein Auge ja, aber nicht meine Ehre. Ich hätte mich zum Gespött all meiner Klassenkameraden gemacht, wenn ich gesagt hätte, ich will neben einem Mädchen sitzen. Die hätten mich wie eine Schwuchtel behandelt. Also habe ich mir schnell Pablo als Sitznachbarn ausgesucht. Sie hat sich neben ein anderes Mädchen gesetzt, nie wieder haben wir eine Bank geteilt, außer manchmal in der Pause, wenn wir uns zusammengesetzt haben, um noch einige Hausaufgaben für die nächste Stunde zu erledigen. Ab und zu kam sie auch zu mir und sagte:

»Ach, Ariel, wie ich deine Ellbogenrempler vermisse!«
Nicht daß man jetzt was Falsches denkt, ich wußte,
daß sie mir damit nichts Komisches sagen wollte. Es
war keine Liebeserklärung. Ich wußte ganz genau, in wen
sie verliebt war. Am Anfang dachte ich, sie würde auf
Ezequiel stehen, wie fast alle Mädchen, aber dann hat sie
mir mal gesagt, daß sie Ezequiel für einen Grobklotz hält
und gar nicht begreifen kann, warum Vero auf ihn steht,
eine Freundin von ihr, die für den Großen Equi schwärm-
te. Carolina – das habe ich sofort gemerkt – war hinter
Pablo her. Ständig hat sie mich nach ihm gefragt, wollte
wissen, welche Bücher er las, ob er gern ins Kino ging, ob
er Musik hörte. Ich hab immer nur geantwortet:
   »Warum fragst du ihn nicht selber? Ich bin nicht sein
Stellvertreter.«
   Dann sah sie mich vorwurfsvoll an und wechselte das
Thema. Aber sie hat sich nie getraut, Pablo zu fragen,
überhaupt redeten sie kaum miteinander, vielleicht mal,
um nach einem Bleistift zu fragen oder Hausaufgaben
auszutauschen. Im Grunde hatte sie ebenfalls Angst vor
ihm, weil Pablo diesen undurchsichtigen Typen so überzeugend spielte.
   »Die Faszination der Beute vor einer Klapperschlange«,
erklärte mir mal mein Onkel, ich weiß nicht mehr, warum. »Die Angst lähmt dich, du bist fasziniert von dem,
was dich gleich verschlingen wird. Wenn du überleben
willst, mein lieber Neffe, mußt du diese Faszination bre-
chen, das ist genauso wichtig, wie die Angst zu überwin-
den.«
   Damals wußte ich es noch nicht, aber es war ein Rat,
den ich schon bald gut würde gebrauchen können.

Die Idee, im Gemüseladen zu arbeiten, stammte von mir, nicht von meinem Onkel. Ich habe es ihm vorgeschlagen, nachdem er mir seine Theorie über die vier Säulen der Familienernährung erläutert hatte. Er stocherte gerade in der Grillkohle herum, in aller Ruhe, wie einer, der weiß, daß er seine Sache gut macht, als ich zu ihm hinging und sagte:

»Onkel, ich würde gern im Gemüseladen bedienen.«

Zehn Minuten später verkaufte er meiner Mutter die Idee als seine eigene und kämpfte so lange für sie, bis er ihr zum Triumph verholfen hatte. So ist mein Onkel eben. Als er mich fragte, warum ich arbeiten wollte, sagte ich, ich wollte Geld sparen, um mir einen Computer zu kaufen. Und das stimmte, aber ich wollte auch wissen, wie sich Arbeiten so anfühlt. Ich wollte zur Welt der Erwachsenen gehören, eigenständig sein, rauskommen aus den vier schützenden Wänden, ob nun der Schule oder von daheim.

Um zum Gemüseladen zu gelangen, nahm ich den 247er in der Avenida San Martín und stieg drei Querstraßen vor dem Geschäft aus. Dort bog der Bus nämlich von der Avenida ab, so daß ich noch ein Stück an Villa Fiorito entlanggehen mußte, um zum Laden zu kommen.

Auf meinen Onkel wartete immer irgendein neues Geschäft, und damals verhandelte er gerade mit der Gemeinde von San Justo, weil er ihr fünfundzwanzig Parkbänke verkaufen wollte, die er aus Deutschland importiert hatte. Ich bediente während der vereinbarten Arbeitszeiten im Gemüseladen. Für die restliche Zeit wurde also noch ein anderer Junge eingestellt. Er war achtzehn oder neunzehn, ziemlich klein, sehr blaß, und er hatte eine Mordsnase. Deswegen nannten ihn alle Pinocchio. Ganz schön viel Kraft hatte er auch, die Obstkisten hob er hoch, als

wären es Schulhefte. Er wohnte fünf Häuserblocks vom
Gemüseladen entfernt, auf der Seite des besseren Viertels,
nicht in Villa Fiorito. Wenn ihn jemand fragte, wie es in
der Schule lief, sagte er:

»Ich bin jetzt in der fünften Klasse.«

Er sagte aber nicht dazu, daß er in die fünfte Klasse der
Abendschule ging. Die fünfte Klasse gefiel ihm wohl besonders gut, jedenfalls wiederholte er sie gerade und stellte sich darauf ein, sie nächstes Jahr noch mal zu wieder-
holen.

»Ich bin zum Messerwerfer geboren«, sagte er und traf
aus fünf Meter Entfernung genau in die Mitte einer Kiste.
Er hatte sich einen riesigen Kassettenrekorder gekauft
und drehte die Musik immer voll auf, Rodrigo, Mona
Giménez und haufenweise Folklorequartette und Tanzschuppenmusik, alles Zeug, von dem ich noch nie was gehört hatte, für das ich mich aber ruckzuck zum Experten
mauserte.

Wenn ich kam, hatte Pinocchio Feierabend, aber oft
blieb er noch etwas länger da. Er setzte sich auf ein paar
Kisten und quatschte ein bißchen mit mir. Wir sprachen
über Fußball (er war ein Fan von Huracán), über Musik,
und manchmal redete er auch so erfahren über Frauen,
daß es mir die Sprache verschlug, oder vielleicht hatte ich
auch schlicht nichts zu erzählen. Sollte ich ihm etwa mit
Caro kommen? Das war eher sinnlos.

Allerdings, egal, wie lang er noch blieb, in meiner Arbeitszeit bediente er nie einen Kunden, half mir nicht, und
wenn fünfzehn Leute im Laden standen (wobei ich ehrli-
cherweise zugeben muß, daß nie fünfzehn Leute im Laden standen und bedient werden wollten, auch nicht
zehn, nicht mal fünf). Er sah mir dabei zu, wie ich die
Kunden abfertigte, Obst und Gemüse hin und her trug,

kassierte, Wechselgeld rausgab, Produkte empfahl, vom
Verzehr irgendeines angeditschten Gemüses abriet; er sah
mir amüsiert und zufrieden zu, als wäre ich ein guter
Schüler, der von ihm den Beruf des Gemüsehändlers er-
lernte.

Ganz unrecht hatte er nicht, denn in den ersten Tagen
kriegte ich nichts auf die Reihe, und wenn Pinocchio nicht
bis abends geblieben wäre, hätte ich nie gelernt, Früh-
lingszwiebeln von Lauch zu unterscheiden.

Nach nicht mal einem Monat kannte ich alle Geheim-
nisse des Pflanzenplaneten und entdeckte meine Fähig-
keit, das Gewicht aller Produkte richtig zu schätzen, was
Pinocchio nie gelang, er haute jedesmal daneben. Wenn
ich ihm mein Können vorführte, zuckte er nur mit den
Schultern, sah mich leicht verächtlich und völlig unge-
rührt an und fragte:

»Und? Was ist daran der Witz?«

Eines allerdings lernte ich nie so richtig: einen Kürbis
mit dem Sägemesser aufzuschneiden. Nicht nur, daß es für
mich immer ein Riesenkraftakt war, nein, ich schnitt auch
immer schief ab. Wenn mir jemand mit der Hand zeigte,
bis wo ich schneiden sollte, schaffte ich es mehr oder
weniger. Wenn aber jemand zum Beispiel ein halbes
Kilo Kürbis haben wollte, schnitt ich immer dreihundert
Gramm ab, oder achthundert, aber nie die richtige Menge. Ich weiß nicht, wozu der große Kürbis überhaupt er-
funden wurde, wo es doch Minikürbisse gibt, die in der
Gemüsesuppe den gleichen Zweck erfüllen.

Ob Sonne oder Regen, um drei war ich im Gemüseladen.
Ich stieg ein paar Minuten vorher aus dem 247er, ging an
Villa Fiorito entlang und war im Geschäft. Ich wußte, daß

weiter drüben der Camino Negro war, aber da bin ich nie hingegangen.

Von Villa Fiorito sah man nicht viel. Die Hütten aus Holz, Wellblech oder ungetünchten Backsteinen, die auf der Grenze zu Fiorito standen, wirkten wie eine Mauer, die den Blick auf das versperrte, was dahinter lag. Immer wieder führten enge Gassen hinein, durch die kaum ein Mensch paßte, man sah dann etwas mehr, aber was man sah, war wie die endlose Wiederholung der Häuschen, die vorne die Front bildeten: eine baufällige Baracke reihte sich an die andere. Auf den Straßen waren viele Leute unterwegs, die entweder rauskamen und in die Avenida San Martín einbogen oder reingingen und sich im Inneren des Viertels verloren. Es gab auch das eine oder andere Geschäft, einen Laden mit Werbung von vor mindestens zehn Jahren und unsere Konkurrenz, ein kleines Gemüsegeschäft, das vielleicht vier, fünf Kisten mit überreifem Obst und altem Gemüse hatte.

Hätte mich damals jemand gebeten, ihm alles zu sagen, was ich über Villa Fiorito wußte, hätte ich ihm geantwortet, das wäre eine Ansammlung von baufälligen Häusern, und die Leute, die da wohnten, gingen ständig raus und rein. Mehr nicht.

Zwei Querstraßen weiter veränderte sich das Bild, und die Avenida wurde zu einer Straße, wie sie für das Viertel typisch war: eng und gefährlich wegen der Autofahrer, die sie mit einer Autobahn verwechselten, Geschäfte, die auf selbstgeschriebenen Schildern mit niedrigen Preisen lockten, ein Laden mit neuen und gebrauchten Schallplatten, der mit Pinocchio darum wetteiferte, wer die Tanzschuppenmusik lauter aufdrehen konnte, eine Wäscherei, mehrere Kioske, ein Zeitschriftenstand, eine Metzgerei, zwei Brotläden, eine Anwaltskanzlei, deren Schild so groß war, daß man meinen konnte, es wäre ebenfalls ein Geschäft.

Es gefiel mir, aus dem 247er auszusteigen und diese Straße entlangzuschlendern, Teil dieser Welt zu sein, ohne daß jemand dumm fragte, ob ich aus dem Viertel wäre, rechts in die Villa Fiorito abbiegen zu können, wenn ich wollte, als wäre ich einer von ihnen, oder beim Gemüseladen anzukommen und mir die Hände mit den Schwarzkartoffeln schmutzig zu machen, Kisten zu schleppen, mit den Nachbarinnen über die Tugenden der Karotte zu fachsimpeln und anschließend nach Hause zu kommen, zum Abendessen vor dem Fernseher, dem schön warmen, leckeren Essen, das meine Mutter kochte. Einzuschlafen mit dem Gedanken, daß ich am nächsten Tag wieder die Ruhe der Schule und dann den Strudel von Fiorito erleben würde. Hin und zurück. Rein und raus.

Mein Onkel Roberto kam selten in den Laden. Normalerweise fuhr er in dem Lastwagen eines Freundes vor, der mit dem Gemüse und Obst aus Turdera beladen war. Wir luden den Laster ab und stellten die Kisten an ihren Platz. Er gab noch einige Anweisungen, aber mehr, weil er sich gern als Chef aufspielte, als daß es nötig gewesen wäre. Pinocchio und ich händigten ihm die Einnahmen immer samstags aus.

Manchmal kamen Pablo und Ezequiel vorbei. Auch für sie war es ein Abenteuer, was sich darin bemerkbar machte, daß sie ihren Besuch schon in der Schule lautstark ankündigten, damit es auch ja jeder mitbekam. Ehrlich gesagt, war die Wirkung eher bescheiden, weil das Bedienen in einem Gemüseladen keinem wie eine Heldentat vorkam, Villa Fiorito hin oder her. Außerdem wohnten einige

Klassenkameraden in Caraza oder in der Nähe des Friedhofs von Avellaneda, und da sah es auch nicht viel anders aus als in Fiorito.

Carolina zeigte sich da schon interessierter. Ihr gefiel die Vorstellung, daß ich arbeitete. Ich glaube, es machte mich in ihren Augen männlicher, weil ich dadurch nicht den ganzen Tag Fernsehen glotzte oder mit meinen Freunden Fußball spielte. Trotzdem galt ihr Hauptinteresse weiterhin Pablo, seinen Büchern und Filmen. Und dieser Schwachkopf grüßte sie kaum.

Wenn Pablo und Ezequiel vorbeikamen – normalerweise samstags –, zogen wir zusammen los, um Ezequiel spielen zu sehen, der in der B-Jugend von El Porve war, oder gleich die erste Mannschaft von El Porvenir, danach kamen die beiden mit zu mir, oder ich ging mit zu einem von ihnen, und wir schauten uns einen Film an, oder wenn wir bei Ezequiel waren, spielten wir auch Sega.

Es war etwa einen Monat her, daß ich in dem Gemüseladen angefangen hatte, als die Geschichte losging, die ich erzählen will. Das war nämlich so.

Es war heiß. Sehr heiß. Einer dieser Tage Ende November, an denen sich bereits der Sommer bemerkbar macht. Es war zehn nach fünf, und im Laden war keiner mehr, also ging ich vor die Tür, um ein bißchen frische Luft zu schnappen.

Aus der Ferne näherte sich eine Gruppe von Schulkindern. Ich beachtete sie zunächst nicht weiter, erst, als sie bis auf ein paar Meter rangekommen waren. Das erste Bild, das sich mir aufdrängte, war das von Schneewittchen und den sieben Zwergen. Mitten in der Gruppe ging ein Mädchen, das fast so groß war wie ich. Sie trug einen weißen Schulkittel, und um sie herum hüpfte eine Schar von Jungs im Alter von sechs bis zehn, die sich gegenseitig schubsten, anschrien, traten, ohne daß das Mädchen in der Mitte davon Notiz nahm. Sie sah nicht wie eine Siebtkläßlerin aus, eher etwas älter. Der Schulkittel war ihr zu klein und auch nicht so weiß wie bei einem klassischen Schneewittchen. Sie war blond, ungekämmt (»zerzaust« würde meine Mutter sagen), und sie gab in regelmäßigen Abständen dem einen Schubser, der sich vor sie schob.

Als sie auf Höhe des Gemüseladens war, kreuzten sich unsere Blicke. Wir sahen uns an. In solchen Fällen weiche ich normalerweise dem Blick instinktiv aus, aber diesmal konnte ich nicht. Ich blieb an ihren Augen kleben. Auch sie sah nicht weg. Wir schauten uns ernst an, es war kein Lächeln im Blick, keine Sympathie, keine Anerkennung, nichts, was gerechtfertigt hätte, daß wir uns anschauten. Als sie direkt an mir vorbeikam, konnte ich sehen, daß sie ganz rot und verschwitzt war, als wäre sie gerannt. Sie hatte die Ärmel hochgekrempelt, und unter dem Schulkittel trug sie einen Rock, der ihr bis über die Knie reichte. In diesem Moment konnte ich mich vergewissern, daß sie tatsächlich sehr groß war. Und schön. Schön, trotz ihres verschwitzten Gesichts, ihrer strubbeligen Haare und ihres mit Flecken übersäten Schulkittels.

Als sie an mir vorbei war, starrte ich ihr nach, konnte meinen Blick nicht von ihrem Körper lösen. Zum Glück kam eine Kundin in den Laden, und damit brach der Zauber. Ich verhielt mich wieder normal. Nein, das ist glatt gelogen, weil ich mich nämlich nie wieder normal verhalten habe, bis heute nicht. Seither ist sie mir nicht mehr aus dem Kopf gegangen, ich glaube, ich bin an keinem Tag aufgestanden, ohne an sie zu denken. Sogar in den ersten Tagen, als ich noch nicht mal ihren Namen wußte.

Am nächsten Tag stand ich um fünf vor fünf an der Tür und hoffte inbrünstig, daß niemand mehr reinkam. Fünf nach fünf erspähte ich mein Schneewittchen und ihre sieben Zwerge, die sich vom Camino Negro her dem Gemüseladen näherten. Mein Herz war ein Rockschlagzeug, das man auch ohne Verstärker in ganz Fiorito hörte. Als sie fast bei mir waren, kam einer der Zwerge auf mich zu und fragte:

»Schenkst du mir eine Orange?«

Ich zögerte, mein Verantwortungsbewußtsein war stärker als jedes andere Gefühl. Stammelnd sagte ich:

»Iiich kann nicht, ich dddarf kein Obst verschenken.«

Er sah mich leicht verächtlich an. Dann drehte er sich um und schaute zu Schneewittchen. Sie war ernst wie letztes Mal und zuckte mit den Schultern. Dann ging sie an mir vorbei, schielte zu mir zurück und flüsterte:

»Geizhals.«

Ich bin mir nicht sicher, aber ich glaube, daß sie einen Meter weiter sagte:

»Geizhals und häßlich.«

Ich ging wieder rein in den Gemüseladen und beschimpfte mich selbst auf spanisch, armenisch und was es sonst noch für Sprachen gibt.

»Wie kann man nur so blöd sein! Nein, nein, nein!« schrie ich und trat gegen eine Kiste mit Pfirsichen, womit ich nur erreichte, daß mir der Fuß höllisch weh tat und überall Pfirsiche rumlagen.

Am nächsten Tag wartete ich wieder vor der Tür auf sie, aber diesmal kamen nur die Kleinen vorbei. Sie war wohl nicht zur Schule gegangen. Am Freitag blieb Pinocchio noch ziemlich lang da, wodurch ich nicht bemerkte, daß es schon zehn nach fünf war, als sie an der Tür vorbeikam. Ich hatte das Gefühl, sie guckte rein. Ich bat Pinocchio, kurz auf den Laden aufzupassen, ich wäre gleich zurück. Ich folgte ihnen. Ich wollte wissen, wohin sie gingen. Als sie auf der Höhe von Villa Fiorito waren, betrat Schneewittchen zu meiner Überraschung den Gemüseladen der Konkurrenz. Kurz darauf kam sie mit einer Tüte Orangen wieder raus und verteilte sie an die Zwerge, die hinter ihr her trotteten. Nach einigen Metern bogen sie links in einen der Wege ab, die nach Fiorito reinführten. Ich dachte kurz darüber nach, ob ich ihr folgen sollte, tat ein paar Schritte, aber dann verließ mich der Mut. Ich versuchte, weiter reinzugehen, aber meine Beine versagten mir den Dienst. Ich hatte Angst. Ich blieb einfach stehen, still, mehrere Minuten lang, und sah Schneewittchen nach, die sich zwischen den Holzhütten verlor, und dann gingen andere Leute rein und raus, die mich gar nicht zur Kenntnis nahmen.

Einige Minuten lang war ich eine Salzsäule. Als ich endlich zum Gemüseladen zurückging, machten mir die Gegend nicht so viel Spaß wie sonst. Ich kam mir wie ein Feigling vor, war enttäuscht von mir selber, ich verachtete mich, weil ich nicht den Mumm gehabt hatte, da reinzugehen, als könnte mir in Fiorito was Schlimmes passieren. Feige und voller Vorurteile. Geizhals und häßlich. Alles sprach gegen mich. Ah, und verliebt. Ja, meine Damen und Herren, unsterblich verliebt, auf den ersten Blick, in mein Schneewittchen aus Villa Fiorito.

Junge sucht Mädchen

In dieser Nacht hatte ich einen Alptraum. Ich träumte, daß ich mitten im Dschungel auf einem Elefanten ritt, der Boden war etwa so weit weg wie ein tiefer Abgrund, und das Tier schaukelte dermaßen hin und her, daß mir kotzübel war. Mit seinem Rüssel schlug der Elefant alles beiseite, was ihm in die Quere kam, und dazu heulte er, mehr wie ein Wolf als wie ein Elefant. Irgendwann knallte er gegen einen Baum, ich sah hoch, und da oben saß Schneewittchen mit angstverzerrtem Gesicht. Ich flehte den Elefanten an, er solle stillhalten, aber er rannte immer wieder gegen den Baum, damit sie runterfiel. Schließlich sprang Schneewittchen in den Abgrund, und ich warf mich vom Elefanten. Bevor ich unten aufschlug, wachte ich auf. Ich machte das Licht an, weil ich tief in mir drin spürte, daß sich der Elefant noch im Zimmer rumtrieb. Ich sah aber kein Tier, nur die üblichen Sachen, was mir die Ruhe zurückgab, die mir im Dschungel flöten gegangen war: die Schulhefte, die Bücherregale, den Schreibtisch, einige Ausgaben von *Olé*, meine Klamotten vom Vortag über dem Stuhl, einen Ferrari aus einer Sammelkollektion, der meine Kindheit überlebt hatte, einen Zauberwürfel, ein paar Münzen, einen Kleber, eine Boca-Puppe, die mir mein Vater mal gekauft hat, als wir uns die Partie Boca-Vélez angeschaut haben, die Poster von Riquelme, von Maradona im argentinischen Trikot, von Michael Jordan, als er noch bei den Chicago Bulls spielte, und von der Band Caballeros de la Quema. Beruhigt machte ich das Licht aus und schlief wieder ein. Ich weiß nicht mehr, was ich dann geträumt habe.

Am Samstag kam ich eine halbe Stunde zu spät zum

Gemüseladen. Ich zog den Rolladen hoch, stellte die Kisten raus auf den Gehweg und bediente die Frühaufsteher unter den Kunden. Pinocchio kam schon mittags, statt wie sonst um zwei. Er ging schnell zum Laden an der Ecke und kaufte Salami und Käse, ein Brot, dazu eine Limo, und wir machten uns Sandwiches.

»Wo bist du gestern hin, als du mich hier mit all den Leuten allein gelassen hast?« fragte er.

»Nirgends«, sagte ich, weil mir nichts Besseres einfiel. Pinocchio legte die Salami- und Käsescheiben auf das Brot und schmierte eine Schicht Mayonnaise drauf. Dann klappte er eine Scheibe so sachte runter, als wäre sie der Deckel einer Schatztruhe.

»Ich hatte den Eindruck, du bist einem Mädchen hinterher.«

»Mehr oder weniger«, sagte oder stammelte ich mit vollem Mund.

»Und sie hat dich abblitzen lassen, weil als du zurückkamst, warst du ganz blaß und hast ins Leere gestarrt.«

»Quatsch.«

Kurz darauf kam mein Onkel Roberto, und wir haben die wöchentliche Abrechnung gemacht. Wir waren gerade dabei, alles aufzuräumen, und ich war schon auf dem Sprung, um mich mit den Jungs zu treffen (wir wollten ins Stadion von El Porve), als vor der Tür ein Streifenwagen hielt. Zwei Polizisten stiegen aus, kamen rein und schauten sich um, als wollten sie den Laden kaufen. Draußen im Auto saß noch einer.

»Wem gehört der Laden hier?« fragte der eine, der unter dem linken Auge eine Narbe hatte. Mein Onkel stieg vom Schemel und ging ein paar Schritte auf ihn zu. Er war ernst, sehr ernst.

»Mir. Was wünschen Sie?«

»Wie heißt du?«

»Roberto.«

»Hör zu, Roberto«, sagte der andere, »ich bin Oficial Chuy und das ist Cabo Polonio. Stört's dich, wenn ich für die Chefin daheim ein paar Kleinigkeiten mitnehme?«

»Kleinigkeiten?«

»Ein bißchen Gemüse für den Eintopf, ein bißchen Obst für die Kleinen. Die essen vielleicht was weg.«

Mein Onkel gab mir zu verstehen, daß ich die beiden bedienen sollte, und der Polizist mit der Narbe gab seine Bestellung auf: Tomaten, Karotten, zwei Köpfe Weißkohl, Nektarinen, Äpfel. Der andere guckte sich weiter die Wand an, die Kisten, das ausgelegte Obst, bis sein Blick auf Pinocchio traf, der sich – das fiel mir dann erst auf –, unauffällig hinter einige Kisten verzogen hatte.

»Ach, schau mal einer an, wen haben wir denn da: Pinocchio. Sag bloß, du arbeitest jetzt.«

»Ja, ich arbeite«, sagte er mit einer Stimme, die ich an ihm noch gar nicht kannte.

»Und wie geht's deinem Bruder?« fragte der Polizist, trat auf ihn zu und lächelte dabei wie einer, der weiß, daß er das bessere Blatt in der Hand hält.

»Gut, es geht ihm gut.«

»Pinocchio, dir wird gleich die Nase wachsen. In Olmos geht's keinem gut.«

Der andere Polizist bestellte nach wie vor Sachen bei mir, und ich packte alles in Tüten, während ich dem Gespräch zu folgen versuchte. Der lächelnde Polizist pflanzte sich einen halben Meter vor meinem Onkel auf und sagte:

»Hör zu, Roberto, dann will ich dir mal erzählen, wen du da eingestellt hast. Sonst wirst du noch beklaut, ohne daß du's merkst.«

»Meine Jungs machen ihre Arbeit gut«, sagte mein Onkel.

»Deine Jungs«, sagte er kopfschüttelnd, als wäre es ein Quiz und mein Onkel hätte die falsche Antwort gegeben. Der Cabo Polonio verschwand fast hinter all den Tüten.

»Danke, Roberto«, sagte der Oficial Chuy, als er sich zum Gehen wandte. »Die Chefin daheim wird hocherfreut sein. Wenn du mal ein Problem hast oder Behördenkram beschleunigen willst, dann komm uns ruhig auf dem Revier besuchen.«

Sie stiegen ins Auto und fuhren langsam weg. Mein Onkel klatschte in die Hände:

»Auf geht's, meine Herren, hier ist nichts passiert. Wir haben gerade unsere Ruhesteuer bezahlt. Ein bißchen Obst, ein bißchen Gemüse, da sind wir billig weggekommen, glaubt mir. Und du, Pinocchio, mach nicht so ein Gesicht, für mich ist wichtig, wie du arbeitest und was ich von dir halte. Nicht das, was zwei dahergelaufene Karottenschnorrer verzapfen, die womöglich gar nicht so heißen, wie sie sagen.«

Wenn man Zeit hat, die Dinge zu planen, klappen sie besser. Oder ganz im Gegenteil. Jedenfalls wußte ich, was ich am Montag tun würde. Gegen fünf rückte ich die Tomatenkisten zurecht, die auf dem Gehweg standen. Aus den Augenwinkeln überwachte ich die Ankunft von Schneewittchen und den sieben Zwergen. Als sie auf Höhe des Gemüseladens waren, wußte ich, was ich tun würde.

»He, Kleiner«, sagte ich zu dem Jungen, der mich am Freitag nach einer Orange gefragt hatte. Er blickte zu mir her, und ich bot ihm eine an. Er kam näher und schnappte sie sich. Auch die anderen Zwerge kamen her, und erst da fiel mir auf, daß es nicht sieben waren, sondern fünf: zwei

Mädchen und drei Jungs. Schneewittchen blieb im Abstand von zwei Metern stehen, während sich die anderen ihre Orangen abholten, die Schale oben abbissen und ausspuckten und dann den Saft raussaugten.

Ich wußte, was ich sagen würde:

»Und du, wie heißt du?« fragte ich Schneewittchen.

Sie brauchte ein paar Sekunden, als könnte sie sich nicht mehr an ihren Namen erinnern.

»Und du, was geht dich das an?« antwortete sie mit ihrer sanften Stimme. Dann ging sie weiter, und die Zwerge trotteten hinterher.

Da entdeckte ich die andere Seite der Liebe: den Haß. Eine ganze Weile lang haßte ich diese strubbelhaarige Blondine in ihrem ausgefransten Schulkittel. Ich war wütend auf mich selber, weil ich so mir nichts, dir nichts Orangen verteilt hatte, weil ich einfach so Carolina aus meinem Herzen verstoßen hatte, wo sie doch tausendmal besser war als diese lange Bohnenstange, die beim Gehen weniger Grazie an den Tag legte als ein Rugbyspieler. Hätte ich in diesem Moment ein Foto von dieser dummen Blondine gehabt, hätte ich es in tausend Stücke zerrissen.

Ich dachte gar nicht daran, ihnen am nächsten Tag noch mal was zu geben. Ich blieb im Gemüseladen, baute mich mit verschränkten Armen hinter der Theke auf. »Kommt schon, bittet mich um was, los, kommt schon«, sagte ich mir. Aber sie baten mich um nichts, gingen einfach an der Tür vorbei, ohne zu gucken, außer dem kleineren der beiden Mädchen, die schaute rein und streckte mir die Zunge raus.

Am nächsten Tag passierte genau das gleiche. Ich stand hinter der Theke, und alle zeigten mir die kalte Schulter, außer der Kleinen, die mir wieder die Zunge rausstreckte. Diesmal hatte ich eine Antwort parat. Ich fuchtelte mit dem Kürbismesser rum, als wollte ich sagen, daß ich ihr beim nächsten Mal die Zunge abschneiden würde. Am Donnerstag gingen sie alle vorbei, ohne zu mir her zu schauen.

»Che, kleiner Türke«, sagte Pinocchio zu mir. »Ich glaube, du bist verliebt.«

»Quatsch.«

»Dann hör auf, Herzchen auf den Rechnungsblock zu malen. Das ist nicht gerade männlich.«

Am Donnerstagabend haßte ich sie schon nicht mehr, da wollte ich eine zweite Chance, aber ich wußte nicht, wie ich sie ansprechen sollte. Ich dachte daran, Ezequiel und Pablo zu fragen, ob ihnen vielleicht was Gutes einfiel, ließ es aber bleiben. Bestimmt würden sie sagen, ich soll die Finger von ihr lassen, weil es mit Frauen immer nur Probleme gibt. Sie würden mir mit dem kommen, was ich eh schon wußte. Bei Pommes weiß ich ja auch, daß sie einem den Magen verderben, und esse sie trotzdem.

Am Freitag passierte etwas, womit ich nicht gerechnet hatte. Als Schneewittchen mit ihrem Zwergentroß vorbeikam, bediente ich gerade eine Dame, und eine weitere stand an. Trotzdem hatte ich mehr die Tür im Auge, als mich um meine Kundinnen zu kümmern. Als die eine anderthalb Kilo Tomaten für Salat haben wollte, habe ich doch glatt ein Kilo und vierhundert Gramm abgewogen. Und danach habe ich Zichorie mit Sellerie verwechselt. Als der kleine Trupp am Eingang vorbeikam, war ich gerade dabei, die Zichorie zu putzen. Er ging nicht einfach so vorbei. Oder besser besagt: Sie ging nicht einfach so vorbei. Sie trat an eine Kiste heran, die draußen auf dem Gehweg stand, eine Kiste Pfirsiche. Sie nahm einen Pfirsich raus, sie sah mich an, ich sah sie an, während ich die Zichorie auf die Waage legte und völlig überhörte, wie die Kundin zu mir sagte: »Ich habe Sellerie gesagt, Ariel, Sellerie.« Wir sahen uns an, beide ganz ernst. Sie biß in den Pfirsich, ohne ihre Augen von mir abzuwenden, die einzige Gesichtsregung war das Malmen des Kiefers auf der Frucht. Dann drehte sie sich um und ging weiter.

Was sie da getan hatte, ließ sich auf vielerlei Arten interpretieren, aber eines stand zweifelsfrei fest: Die Schlawinerin hatte mir gerade einen Pfirsich geklaut.

Am Samstag kam Pinocchio wieder mal früher und ging Brot, Wurst und Käse kaufen. Es war Mittag und nichts los, und wir aßen gerade in Ruhe, als Pinocchio, der mit dem Gesicht zur Tür saß, zu mir sagte:

»Du hast Besuch.«

Ich drehte mich um, und da stand sie. Für mich war es eine dreifache Überraschung: Erstens hatte ich an einem Samstag nicht mit ihr gerechnet; zweitens war es das erste Mal, daß sie den Laden betrat; und drittens war es auch das erste Mal, daß ich sie ohne Schulkittel sah. Sie trug ein schwarzes T-Shirt mit englischen Sätzen drauf und eine schwarze Jeans. So, ohne die Schulkleidung, wirkte sie größer als ich.

Sie kramte ein paar Münzen aus der Hosentasche und sagte:

»Ich bin dir einen Pfirsich schuldig. Wie viel macht das?«

Selbstverständlich weigerte ich mich, das Geld anzunehmen. Sie zuckte mit den Schultern und machte auf dem Absatz kehrt, um wieder zu gehen. Als sie bei der Tür war, rannte ich ihr nach.

»Du hast mir nicht gesagt, wie du heißt.«

»Patricia.«

Sie tat wieder ein paar Schritte und sagte mit einer kaum merklichen Drehung in meine Richtung:
»Aber alle nennen mich Pato.«

Seit dem ersten Vorfall mit der Polizei war Pinocchio etwas wortkarger. Er machte alles wie gehabt, blieb länger, als nötig gewesen wäre, samstags aßen wir gemeinsam zu Mittag, aber da war irgendwas, das ihm nicht behagte. Vielleicht, daß wir von dem Bruder erfahren hatten, der im Gefängnis saß (wobei ich vermute, daß mein Onkel es schon vorher gewußt und mir nur nichts gesagt hatte), vielleicht, daß der Polizist einen Mantel des Verdachts auf ihn geworfen hatte. Und es war ja auch wirklich so, daß man meinen Onkel kinderleicht bestehlen konnte. Den Ertrag jeder einzelnen Kiste zu berechnen war praktisch unmöglich, denn von dem Obst und Gemüse landete einiges im Müll, weil es entweder faul oder nicht mehr gut genug war. Jeder von uns beiden hätte also täglich bei den Einnahmen schummeln können. Aber eine innere Stimme sagte mir, daß Pinocchio absolut ehrlich war, daß er nicht mal das Geld für einen Bund Petersilie in die eigene Tasche steckte.

Die Polizei kam noch öfter vorbei. Es waren immer die gleichen zwei, dazu ein Dritter namens Balizas, Ayudante Balizas. Mein Onkel spielte das Ganze runter, machte Scherze über die Steuer, die wir zu bezahlen hätten. Mich störte es aber. Wenn ich sie bedienen mußte, gab ich ihnen überreife Tomaten und das verdorbenste Obst und Gemüse.

Das Schuljahr ging zu Ende. Im Gegensatz zum letzten Jahr würde ich Carolina in diesem Sommer nicht vermissen. Tatsächlich war Carolina in meinen Gedanken verblaßt wie eine alte Erinnerung. Mich interessierten nicht mehr die adretten, ordentlich gekämmten Mädchen wie Carolina. Ich stand jetzt mehr auf Mädchen mit zerzausten Haaren oder auf große Blondinen oder auf Mädchen, die wenig lächelten. Mit anderen Worten: auf Patricia.

Am letzten Unterrichtstag zogen die Jungs aus meinem Jahrgang los, um nach der Schule zu feiern. Ich hätte Pinocchio bitten können, den ganzen Freitag zu bleiben, aber irgendwie sagte mir mein Gefühl, daß ich zum Gemüseladen sollte. Ich sagte, ich könnte nicht mitkommen, weil ich arbeiten müßte. Die meisten schauten mich mitleidig an. Mit Equi und Pablo machte ich aus, daß wir uns am nächsten Tag treffen und das gemeinsame Eisessen nachholen würden.

Manchmal rettet einen der Instinkt. Wenn ich ihm damals nicht gefolgt wäre, hätte ich vielleicht auf lange Zeit die Chance verpaßt, mit Patricia zu reden.

Ich ging zu Hause vorbei, um mich umzuziehen. Weil es wahnsinnig heiß war, zog ich die ausgefransten Bermudashorts an, die meine Mutter aus einer alten Jeans genäht hatte, und meine ausgelatschten Turnschuhe, die ich nur trage, wenn ich zur Arbeit gehe. Das schwarze T-Shirt von den Redondos, das ich schon in der Schule angehabt hatte, ließ ich an. Die Redonditos de Ricota hörte ich zwar nur noch selten, aber ich mochte dieses T-Shirt, weil da ein Typ drauf war, der Ketten sprengte. Ich fühlte mich dadurch stärker.

Am Anfang bereute ich es fast, daß ich zur Arbeit gegangen war. Es war saumäßig heiß, und alle liefen rum wie Zombies. Anders war es nicht zu erklären, daß Señora

Irma, die bei uns immer ihr Suppengemüse kaufte, gegen
die Apfelkiste stieß, die als Blickfang an der Tür stand.
Señora Irma stolperte und wäre beinahe spektakulär auf
die Tomatenkiste gekracht, die Äpfel kullerten über den
Gehweg, einige bis auf die Straße, und landeten entweder
im Graben oder wurden von den Autos zu Apfelmus verarbeitet.

Mein Gemüsehändlerherz sagte mir, ich sollte vor allen
anderen Dingen auf der Welt das Obst retten, und trotzdem vergewisserte ich mich erst, ob die Señora Irma noch
lebte, überprüfte dann, ob bei ihr sichtbar was gebrochen
war, fragte anschließend, ob sie aufstehen könnte, und
half ihr schließlich auf. Als die Operation »Señora Irma«
erfolgreich abgeschlossen war, legte ich wie ein Irrer los
und klaubte die auf dem Gehweg verstreuten Äpfel auf.
Zu meiner großen Überraschung waren Sekunden später
die Zwerge um mich herum, sammelten Äpfel ein und legten sie in die Kiste. Und Patricia. Auch sie hatte sich ge-
bückt und hob Äpfel auf.

Außer den Äpfeln, die plattgefahren auf der Straße lagen, fanden wir alle wieder, einschließlich diejenigen, die
im Graben gelandet waren und die ich in die Abfallkiste
warf. Sobald alle gegangen waren, würde ich sie abputzen
und wieder zu den anderen Äpfeln legen. Die waren ja
noch gut, ein bißchen dreckig, aber noch gut.

Als wir alle eingesammelt hatten, lud ich sie ein, noch
ein bißchen zu bleiben. Genau so, im Plural, sie sollten
noch bleiben. Ich bediente die Señora Irma, die trotz der
fünfunddreißig Grad Suppengemüse kaufte. Als sie weg
war, winkte ich die andern rein. Ich gab allen einen Apfel
und bot auch Patricia einen an, die röter und verschwitz-
ter war als üblich. Ihr würden nur Pfirsiche und Kirschen
schmecken, sagte sie. Also bot ich ihr einen Pfirsich an, so

einen wie den, den sie letztens rausgenommen hatte, und in den biß sie dann rein. Sie schaute ganz merkwürdig, oder besser gesagt, sie schaute mich an, als wäre ich ein merkwürdiges Wesen. Ich hatte gerade eine große Cola gekauft, die noch schön kalt war. Ich fragte, ob sie was abhaben wollten, und alle wollten. Weil ich nicht genügend Gläser hatte, schenkte ich immer wieder dasselbe Glas voll. Patricia trank ihres begierig aus, wobei sie mich weiterhin merkwürdig anschaute.

»Darf ich fragen, warum du mich so anschaust?« sagte ich, um einen lustigen Tonfall bemüht. Ich wollte sie nicht erschrecken oder verärgern.

»Darum«, sagte sie und begann ihren Schulkittel aufzuknöpfen. Einen Moment lang dachte ich, sie würde einen Striptease hinlegen, aber das passierte nur in den Filmen, die Equi, Pablo und ich heimlich guckten. Im wirklichen Leben passierte so was nicht.

Im wirklichen Leben passierten Sachen, die genauso verblüffend waren. Sie zog den Schulkittel aus, und drunter trug sie das gleiche T-Shirt wie ich, das von den Redondos. Zugegeben, ihr stand es besser. Meines war mir ein bißchen zu groß und machte mich dünner, als ich war. Sie hingegen füllte es gut aus. Es fiel mir überhaupt zum ersten Mal auf, wie gut ihr T-Shirts standen. Ich tat so, als guckte ich mir begeistert den Aufdruck an, dabei guckte ich mir gar nicht den Aufdruck an.

»Findest du wohl gut, die Redonditos de Ricota?« fragte sie lächelnd. Mein Gott, sie war schon hübsch, wenn sie ernst guckte, aber wenn sie lächelte, war sie umwerfend schön.

»Die sind toll«, antwortete ich, wobei mir nicht ganz klar war, worauf ich da antwortete.

Sie gab den Kleinen ein Zeichen, die daraufhin den geordneten Rückzug aus dem Laden antraten. Sie war ebenfalls bereits am Gehen, als ich sagte, ich würde sie gern wiedersehen.

»Ich komm jeden Tag hier vorbei.«

»Nein, Patricia, ich meine, ob ich dich sehen kann. Ob wir nicht irgendwas ausmachen können.«

»Pato.«

»Was?«

»Du sollst mich Pato nennen, nicht Patricia.«

»Pato, sehen wir uns wieder?«

»Hmm ... weiß nicht.«

»Bitte.«

»Gut, morgen um vier an der Ecke, wo der Plattenladen ist.«

Sie wartete meine Zusage gar nicht erst ab. Sie wußte, daß ich nicht nein sagen würde. Und natürlich habe ich auch nicht nein gesagt, obwohl ich deshalb das Eisessen mit meinen Freunden absagen mußte.

Mein Leben war wesentlich einfacher, bevor ich ein Date hatte. Seither habe ich rausgefunden, daß einem ein Date mit einem Mädchen das Leben verkompliziert. Es fing schon damit an, daß ich das Treffen mit Equi und Pablo absagen mußte. Außerdem wollte ich ihnen nicht sagen, warum, weil sie das als Verrat empfunden hätten. Ich müßte zum Geburtstag einer Cousine, habe ich gesagt, eine dumme Ausrede, wenn man bedenkt, daß mein einziger Onkel Junggeselle ist.

Das war der leichte Teil. Schwieriger war da schon die Frage, was ich anziehen sollte. Wie schon Bilardo sagte: Never change a winning team. Und da ich meinen ersten Erfolg mit dem Redondos-T-Shirt eingeheimst hatte, mußte ich es einfach noch mal anziehen. Und ich zog es noch mal an, obwohl es ein bißchen verschwitzt war. Die Bermudashorts ebenfalls. Nur bei den Turnschuhen überlegte ich es mir anders und entschied mich für die Nikes, die mir mein Onkel Roberto mal zum Geburtstag geschenkt hat.

Den ganzen Morgen paßte ich höllisch auf, daß ich mich ja nicht schmutzig machte. Die Kartoffeln faßte ich nur mit den Fingerspitzen an, und zum Glück kaufte niemand Zwiebeln. Ich aß mit Pinocchio zu Mittag, und um zwei kam mein Onkel, um die Kasse zu machen. Er blieb noch eine Weile da und mußte sich dann sputen, um noch rechtzeitig zu dem Treffen mit den Leuten vom argentinischen Fußballverband zu kommen, denen er Linienrichterfähnchen verhökern wollte. Die hatte er zum Schnäppchenpreis aus Birma importiert, weil die FIFA dort alle Ligaspiele untersagt hatte und keine offiziellen Partien mehr stattfanden.

Diesmal war ich es, der während Pinocchios Arbeitszeit länger dablieb, und genauso wie er, wenn er bei mir länger dablieb, würde ich meinen Hintern keinen Zentimeter bewegen, egal, wie viele Kunden im Laden standen. Er hatte Glück, weil nämlich nicht ein einziger Kunde kam.

»Holen dich deine Freunde ab?«

»Nein. Heute nicht.«

»Was machst du dann noch hier?«

»Hmmmm, nichts Besonderes.«

»Wenn du nicht so schlampig angezogen wärst, würde ich denken, du hast ein Date mit einem Mädchen.«

»Wieso bin ich schlampig angezogen?«

»Also hast du ein Date? Mit dieser Blonden?«

»Quatsch.«

»Du weißt, daß die Blonde aus Villa Fiorito ist, oder?«

»Na und?«

»Ich hab selbst da gewohnt, bis ich dreizehn war, dann sind wir auf die andere Seite gezogen. Ich sag dir nur eins: Wenn sie dich mit reinnehmen will nach Fiorito, geh nicht mit.«

»Quatsch.«

Als ich an der Ecke mit dem Plattenladen ankam, war sie noch nicht da. Und wenn sie es vergessen hatte? Und wenn sie sich über mich lustig machte und nie vorgehabt hatte zu kommen? Wie lange sollte ich auf sie warten? Ich schwor mir zu gehen, sollte sie mich länger als zwei Stunden schmoren lassen. Ich würde bestimmt nicht den ganzen Abend hier an der Ecke rumstehen und mich mit Rodrigo volldröhnen lassen.

Nach zehn Minuten tauchte sie auf. Allein. Keiner ihrer Zwerge mit dabei. Sie hatte einen Jeansrock an, und ein schwarzes T-Shirt, aber nicht das mit den Redonditos, sondern eins, auf dem so was stand wie »Punk not dead«. Sie trug nicht das T-Shirt, das uns vereint hatte, kein gutes Zeichen. »Fängt ja gut an«, dachte ich.

Wir begrüßten uns mit einem »Hallo« und gingen dann auf der Seite von Lanús spazieren, auf dem Gehweg gegenüber von Fiorito. Ich fragte sie, ob die Kleinen alle Geschwister von ihr wären, und sie sagte nein, nur das eine Mädchen, die anderen seien Nachbarn. Ihre Schwester hieß Elizabeth und war acht. Sie erzählte, daß sie bei ihrem Vater lebte, ihre Mutter war schon vor fünf Jahren gestorben. Ich fragte sie, wie alt sie wäre, und sie sagte, am 3. Januar werde sie vierzehn. Ich war fast elf Monate älter als sie. Sie war erst in der siebten Klasse, weil sie die fünfte wiederholt hatte. Auf die achte Klasse hatte sie keine Lust. Überhaupt machte ihr die Schule keinen Spaß.

»Und was macht dir Spaß?«

Sie dachte ziemlich lang drüber nach und antwortete dann:

»Nichts.«

Ich erzählte ihr vom Gemüseladen, von der Schule, von meinem Onkel, von meinen Freunden. Daß mein Papa vor fast zwei Jahren von zu Hause weg ist, habe ich ihr nicht erzählt. Darüber sprach ich mit niemandem. Nicht mal mit Equi oder mit Pablo. Wobei Pablo es wußte, weil wir schon Freunde waren, als mein Vater sich aus dem Staub gemacht hat. Damals fehlte ich drei Tage in der Schule, und meine Mama ist dann hin, um es zu erklären. Ich weiß nicht, was sie da gesagt hat, jedenfalls hat mich die Lehrerin ab dem Tag behandelt, als hätte man mir einen Arm amputiert. Sie war zu mir nicht so streng wie zu den anderen und gab mir auch nie Strafarbeiten auf. Am folgenden Vatertag sprach sie über abwesende Väter, mir traten Tränen in die Augen, aber ich riß mich zusammen. Pablo fragte mich, was ich meinem Vater schenken würde, und ich sagte, nichts, er hätte uns sitzenlassen. Pablo verkniff sich jede Bemerkung und schnitt das Thema nie wieder an.

Wir schlenderten bis zur Avenida General Hornos. Beide waren wir völlig verschwitzt, obwohl wir uns im Schatten gehalten hatten. Ich schlug vor, ein Eis zu essen, aber sie wollte lieber eine Cola trinken. Also sind wir zu einem Kiosk, der ein paar weiße Plastiktische vor der Tür stehen hatte. Ich kaufte zwei Cola, und wir setzten uns hin. Patricia trank ihre schlückchenweise. Ich schaute sie an und konnte gar nicht glauben, daß ich es geschafft hatte, sie auszuführen. Daß dieses Mädchen, nach dem ich

schon seit zwei Wochen verrückt war, hier neben mir saß
und eine Cola schlürfte.

»Wohnst du hier in der Gegend?« fragte sie.

»Ich wohne ein bißchen weiter weg, in Lanús, Catamarca, Ecke Resistencia.«

Dann schwiegen wir wieder. Sie schaute zur Straße,
und ich schaute sie an. Offenbar fühlte sie sich etwas un-
behaglich, denn sie fragte:

»Und du, warum schaust du mich so an?«

»Weil du so hübsch bist.«

»Spinner.«

»Im Ernst.«

Allmählich legte sich der Schatten über uns. Ein leichter Wind kam auf. Heute abend würde es regnen. Sie
sagte, sie müßte jetzt nach Hause. Wir machten uns auf
den Rückweg. Als wir noch einen Häuserblock von Fiorito entfernt waren, sagte sie, bis zum Eingang dürfte ich
sie noch begleiten, weiter nicht. Einerseits wäre ich gern
noch ein Stückchen mit ihr mitgegangen, andererseits
fand ich es beruhigend, daß ich nicht da reinmußte.

»Sehen wir uns wieder?« fragte ich.

»Ja.«

»Ich meine allein, nur wir beide.«

»Ja, ja.«

»Und wie machen wir das?«

»Uns sehen?«

»Ja.«

»Ganz einfach, ich komm im Laden vorbei.«

»Und da machen wir dann was aus?«

»Ja.«

»War schön.«

»Ja, fand ich auch.«

»Du bist sehr hübsch.«

»Und du bist sehr groß.«

»Du bist auch groß.«

»Ich geh jetzt.«

Sie kam auf mich zu, kniff mir mit Daumen und Zeigefinger links und rechts in die Wangen und gab mir einen
Kuß auf die Lippen. Sie streifte sie kaum, aber ich spürte
das gleiche wie damals, als ich meine Finger in die Steck-
dose gesteckt habe. Nein, nicht das gleiche, das hier war
tausendmal stärker. Ich hab nicht reagiert. Ich hatte gerade meinen ersten Kuß bekommen und ich hatte nicht reagiert. Kein bißchen zurückgeküßt. Sie drehte sich um und
ging los. Endlich konnte ich mich aus meiner Erstarrung
lösen und ich rannte ihr nach.

»Halt, bleib stehen.«

»Was willst du?«

»Ich finde dich toll.«

»Aha, Ciao.«

»Willst du nicht wissen, ob ich eine Freundin habe?«

»Wie kämst du dazu?«

Und dann ging sie endgültig los.

Gefährliche Leute

Das zweite Mal, daß wir uns geküßt haben, war kurz vor der General-Hornos-Straße. Wir hatten uns wieder an der Ecke mit dem Plattenladen verabredet. Als sie auftauchte, grüßte sie mich mit einem »Hallo«, und das war's, kein Kuß, nicht mal auf die Wange. Wir gingen die gleiche Strecke wie beim letzten Mal, und als wir bei der Straße ankamen, die Lanús und Lomas trennt, blieb sie unter einem Baum stehen, lehnte sich an den Stamm, und ich küßte sie. Wir küßten uns.

Es war ein schwieriger Moment. Nicht der Kuß, der Moment vor dem Kuß, die Stunden davor, die Tage vor diesem zweiten Date. Es ist wirklich ein Unding, daß sie einem in der Schule das Küssen nicht beibringen. Das müßte ein Pflichtfach sein: Jeder Junge sollte eine Mitschülerin küssen, die in seiner Nähe sitzt, oder zwei, oder drei. Dann hätte er beim ersten Kuß eine gewisse Übung und müßte sich nicht wie ich mit der Vorstellung behelfen, daß Lippen wie eine Orange sind, der man den Saft raussaugen muß. Trotzdem lief's nicht schlecht bei mir. War gar nicht übel, dieser zweite Kuß, und die Küsse drei und vier an diesem Tag auch nicht. Nach dem vierten Kuß habe ich nicht mehr mitgezählt. Nur so viel: Ich erinnere mich, daß alle richtig gut waren.

Das zweite Date fand an dem Samstag nach dem ersten statt. Ich hatte seit diesem ersten Mal nichts von ihr gehört, bis zum Mittwoch, als sie in Begleitung ihrer kleinen Schwester im Gemüseladen auftauchte. Das war die, die mir die Zunge rausgestreckt hatte, als sie von der Schule kamen. Man merkte ihr an, daß sie sich noch an meine Drohung erinnerte, ihr die Zunge abzuschneiden, denn sie kam nicht in den Laden, sie blieb an der Tür stehen und guckte ab und zu rein.

Wir verabredeten uns für Samstag, und als sie wieder losgingen, schenkte ich ihnen jeweils zwei Pfirsiche. Ich sah zu, wie sie die Früchte auf dem Heimweg nach Villa Fiorito aßen. Ich war glücklich. Wenn sie wiedergekommen war, wenn wir ein neues Date ausgemacht hatten, dann konnte das nur bedeuten, daß sie an mir interessiert war. Sie hielt mich nicht für einen Trottel, für einen Blödmann, für ein Widerling.

Als bei mir der Groschen fiel und mir klar wurde, daß wir uns in wenigen Tagen wiedersehen würden, packte mich die Panik vor dem ersten Kuß. Denn zu unserem ersten Kuß, der blitzschnell gegangen war, hatte ich nicht gerade einen glänzenden Beitrag geleistet. Am Freitag übte ich mit einer Orange, aber davon bekam ich Ausschlag, in der Nacht haben sich meine Lippen entzündet. Zum Glück war am nächsten Morgen wieder alles normal: Nie im Leben wäre ich mit einem geschwollenem Mund bei dem Date erschienen.

Diesmal sind wir ein Eis essen gegangen. Wir setzten uns auf zwei Schaukeln, die auf dem Gehweg vor der Eisdiele hingen. Ich erzählte ihr von meinen Freunden und fragte sie, ob sie Freundinnen hätte.

»Ein paar.«

»Sind die aus der Klasse oder aus der Nachbarschaft?«

»Aus dem Viertel. In der Schule habe ich keine Freundinnen. Ich bin die einzige aus Fiorito.«

»Na und?«

Sie zuckte mit den Schultern.

»Die wollen mit den Leuten von da nichts zu tun haben.«

»So ein Schwachsinn.«

Sie sagte nichts. Sie ließ ein, zwei Minuten verstreichen, als würde das Eisessen ihre ganze Konzentration erfordern.

»Und du?« fragte sie. »Hast du was gegen die aus Fiorito?«

»Hab ich nie drüber nachgedacht. Ich weiß nur, daß ich gern mit dir zusammen bin, ob du in Fiorito wohnst oder in Honolulu.«

»Ich wohne in einem ganz häßlichen Haus.«

»Meins ist auch nicht besonders schön.«

Ein Kuß nach einem Eis ist immer kalt und ein bißchen klebrig, aber dafür kann man schmecken, ob die Sorten, die der andere hatte, auch gut waren.

Ab da sahen wir uns öfter. Sie kam im Gemüseladen vorbei, und wir verabredeten uns. Ich weiß nicht, ob sie den Eingang überwachte oder einen sechsten Sinn besaß, aber sie kam nie, wenn Pinocchio da war. Dafür war ich ihr dankbar, weil ich keine Lust hatte, ihm von Pato zu erzählen.

Ezequiel und Pablo habe ich's aber erzählt. Sie starrten mich ungläubig an, als würde ich ihnen eine faustdicke Lüge auftischen. Schließlich bombardierten sie mich mit allen möglichen Fragen und Ratschlägen. Ezequiel, der schon mit einigen Mädchen gegangen war, stellte mir seine Erfahrung zur Verfügung, damit ich mir ja nichts vormachte.

»Mit den Frauen ist es wie im Krieg: Man kämpft ständig darum, daß sie so viele Sachen ausziehen wie möglich. Deshalb fällt einem der Sieg über die Frauen im Sommer immer leichter«, war eine seiner Überlegungen.

Unter der Woche waren die Treffen kürzer, aber weil es

um diese Uhrzeit schon dunkel wurde, waren dafür die Küsse nicht so öffentlich. Und ich faßte mir ein Herz und schmiegte mich enger an sie. Ich liebte es, ihren warmen Körper so nah an meinem zu spüren. Wenn wir uns küßten, faßte ich sie an der Taille und zog sie zu mir her. Und sie faßte mich zuerst an den Ellbogen, streichelte meine Arme und legte dann ihre Hände auf meinen Nacken.

Wir küßten uns viel, aber unsere Hauptbeschäftigung war Spazierengehen. Wir schlenderten die Ejército de los Andes lang, bogen dann links ab in die San Martín, gingen bis zur 25 de Mayo, immer weg vom Gemüseladen und von Villa Fiorito. Nie in die entgegengesetzte Richtung, hin zum Camino Negro.

Und wir redeten. Patricia weniger als ich. Ich liebte es, ihr alles zu erzählen: von den Geschäften meines Onkels, was Pinocchio so sagte, die Geschichten von Pablo und Ezequiel, die Fußballpartien, die ich gespielt hatte, ja, ich quatschte sie regelrecht voll, mit Boca, Riquelme, den Meisterschaften, die wir gewonnen hatten, seit Bianchi Trainer war. Sie war auch für Boca, aber sie war kein echter Fan. Sie sagte sogar, daß sie auch Chicago und Chacarita gut fände. Ich sagte, das ist unmöglich. Wenn man für Boca ist, kann man für keine andere Mannschaft mehr sein. Sie zuckte nur mit den Schultern, eine ihrer Lieblingsantworten.

Und dann redeten wir auch über Diego. Ich hatte gelesen, daß ihn die FIFA aufgrund einer Umfrage, die gerade im Internet durchgeführt wurde, für den Titel »Bester Fußballspieler aller Zeiten« nominieren würde. Ich erzählte ihr gerade, daß Pablo, Equi und ich von verschiedenen Internetcafés aus gewählt und dafür jede Menge Geld verpulvert hätten, als Patricia mich plötzlich unterbrach:

»Wenn mein Papa wollte, könnte er Millionär sein.«

Ich begriff nicht, was meine Ausgaben für die Internetwahl mit dem möglichen Wohlstand ihres Vaters zu tun hatte.

»Wie? Kann er die Lottozahlen richtig raten?« fragte ich leicht angesäuert, weil sie mich meine Geschichte nicht hatte zu Ende erzählen lassen.

»Mein Papa kennt Maradona.«

»Echt?«

»Ja. Mein Papa ist in Fiorito geboren und hat sein ganzes Leben da verbracht. Sie haben zusammen gespielt.«

»Fußball?« fragte ich dämlich, als würde Maradona Fangen spielen. Ich konnte mir keine glücklichere Fügung des Schicksals vorstellen, als mit Maradona eine Partie zu bestreiten. Einen Paß von ihm zu bekommen oder womöglich einen Doppelpaß mit ihm zu spielen. Ich versuchte es mit einer besseren Frage: »Und was hat die Tatsache, daß dein Vater Diego kennt, damit zu tun, daß er Millionär sein könnte?«

»Mein Papa hat was, das ihm Maradona geschenkt hat.«

»Das Trikot, das er an dem Tag trug, als wir gegen die Engländer gespielt haben?«

»Nein, kein Trikot.«

»Die Fußballschuhe, die er an dem Tag anhatte, als er Fillol auf alle viere gezwungen hat?«

»Es ist ein Geschenk, das er ihm gemacht hat, als sie noch klein waren. Ein Ball.«

»Irgendein Ball?«

»Nein, nicht irgendein Ball. Ein Ball, den Maradona ihm geschenkt hat.«

»Ist sein Autogramm drauf?«

»Ich glaub nicht.«

»Wie willst du dann wissen, ob er von Maradona ist oder ob dein Vater sich das alles nur ausgedacht hat?«

»Hör zu, wenn du mir so kommst, erzähl ich dir gar nichts mehr.«

Es war unser erster Streit. Um ehrlich zu sein, war sie diejenige, die zum ersten Mal sauer war, während ich die Wogen glätten wollte, was mir aber nicht gelang. Überhaupt biß ich bei ihr auf Granit, nicht mal das mit Diego und dem Ball wollte sie mir zu Ende erzählen, und einen Kuß hat sie mir auch nicht gegeben, nicht mal einen klitzekleinen auf die Wange. Ich habe sie noch bis zur üblichen Stelle begleitet, und sie hat einfach nur Ciao gesagt, ohne mich anzuschauen. So konnte ich sie nicht gehen lassen. Ich rief ihr hinterher, aber sie antwortete nicht. Ich ging ihr nach, bis ich neben ihr war, aber sie hat wieder nur Ciao gesagt. Erst habe ich sie angefleht, sie soll doch nicht sauer sein, aber als wir auf der Höhe von Fiorito ankamen, hatte ich ihr bereits allen möglichen Blödsinn an den Kopf geworfen, Sachen, die ich gar nicht so meinte, mit denen ich sie nur verletzen wollte. Hat offenbar geklappt, denn bevor sie nach Fiorito reinging, sagte sie:

»Ich will dich nie mehr sehen.«

Ich blieb regungslos stehen, wieder zur Salzsäule erstarrt, dachte nur, daß mir gerade das Schlimmste passiert war, was mir passieren konnte: Patricia hatte Schluß gemacht. Ein beklemmendes Gefühl beschlich meinen ganzen Körper, aber nicht lang, weil es von einem anderen Gefühl erdrückt wurde: von der Angst.

Ich war so sehr in dem versunken, was Patricia mir gerade gesagt hatte, daß ich die vier schmächtigen Gestalten, die inzwischen aufgetaucht waren, gar nicht bemerkt hatte. Als ich sie dann registrierte, waren sie schon da, hatten mich umzingelt.

»Du machst dich also an Pato ran, ja?« sagte so ein dunkelhäutiger Typ zu mir, der kleiner war als ich, aber bestimmt schon siebzehn. Die anderen waren noch älter.

»Unser Muttersöhnchen hier kommt extra nach Fiorito, um sich eine Freundin zu angeln«, sagte der Kerl, der hinter mir stand. Ich wollte abhauen, aber keine Chance, sie wichen nicht zurück.

»Hört auf, Leute, ich habe euch nichts getan«, wagte ich schließlich zu sagen.

»Glaubst wohl, du kannst machen, was du willst?« sagte der Dunkelhäutige und fügte hinzu: »Die Turnschuhe.«

»Was?«

»Mach schon, Kleiner, zieh die Turnschuhe aus. Du willst doch nicht, daß ich sauer werde«, sagte er und knallte mir eine. Es kamen Leute vorbei, aber keiner beachtete uns, oder alle taten so, als würden sie nichts sehen, oder vielleicht dachten sie auch, wir wären Freunde und spielten Ohrfeigenverpassen. Ich zog mir die Nikes aus, und einer von denen schnappte sie sich. Auch die zehn Pesos, die ich noch in der Tasche hatte, knöpften sie mir ab. Bevor sie abzischten, sagte der Dunkelhäutige noch:

»Wenn ich dich noch einmal mit Pato sehe, mach ich dich fertig. Da drüben«, sagte er und zeigte in Richtung Fiorito, »bist du ein toter Mann. Man nennt mich nicht umsonst Perro, den Hund, mit mir ist nicht zu spaßen.«

Sie zogen ab, und ich stand barfuß da, hatte nicht mal einen Peso für den Bus. Ich überlegte nicht lang und ging zum Gemüseladen, Pinocchio war bestimmt noch da. Der würde vielleicht Augen machen, wenn ich dort auftauchte, denn an dem Tag mußte ich gar nicht arbeiten, und zumachen würde er auch bald.

Kurz bevor ich beim Laden ankam, bemerkte ich, daß vor der Tür ein Streifenwagen stand. Die holten sich bestimmt gerade ihre Ration Obst und Gemüse ab. Ich ging rein. Dort sah ich nicht nur Pinocchio und die beiden üblichen Polizisten, nein, auch mein Onkel war da. Ich bekam noch den Rest des Gesprächs mit. Na ja, Gespräch ist viel zu nett gesagt. Gegen den Ton, den mein Onkel und die beiden Polizisten anschlugen, war mein Streit mit Pato ein zartes Gesäusel gewesen. Pinocchio stand schweigend in der zweiten Reihe, und mich schaute sowieso keiner an, obwohl ich gerade reingekommen war. Mein Onkel sagte:

»Das könnt ihr vergessen. Ich werde euch keinen Peso mehr geben.«

»Roberto, du machst einen Fehler«, sagte der Oficial Chuy.

»Von euch lasse ich mich nicht zu einer freiwillige Abgabe zwingen, von euch nicht.«

»Mach's wie deine Nachbarn, von denen hat sich noch keiner beschwert«, riet ihm der Cabo Polonio.

»Und ab heute werdet ihr auch nichts mehr von hier mitnehmen. Nicht mal die Petersilie vom Suppengemüse.«

»Okay. Wir haben es nur gut mit dir gemeint«, sagte der Cabo Polonio und stellte die mit Gemüse vollgepackte Tüte wieder ab.

»Ich geb dir einen Rat«, sagte der Oficial Chuy: »Paß gut auf dein Geschäft und deine Jungs auf, wir werden nämlich nicht dasein, wenn du uns brauchst.«

»Ich lasse mir nicht drohen«, schrie mein Onkel, aber da waren die Polizisten schon weg. Pinocchio trat aus seiner zweiten Reihe hervor und sah mich schweigend an, weil er nicht recht wußte, ob er was sagen oder lieber den Mund halten sollte.

»Was machst du denn hier?« fragte mein Onkel mich zerstreut.

»Ich hab einen kleinen Spaziergang durchs Viertel gemacht, und da haben sie mir die Turnschuhe und mein Geld geklaut«, sagte ich, den Blick auf meine nackten Füße gerichtet.

Pinocchio fing an, das Obst und Gemüse aus den Tüten, die für die Polizisten gedacht gewesen waren, an ihren Platz zurückzuräumen. Ohne daß mein Onkel es hörte, sagte er zu mir: »Ich habe dich davor gewarnt, nach Fiorito reinzugehen«. Ebenfalls flüsternd antwortete ich ihm, ich wäre nirgendwo reingegangen. Ich weiß nicht, warum wir murmelten, denn mein Onkel hatte auf meine nackten Füße gar nicht reagiert. Er war in Gedanken immer noch bei seinem Streit mit der Polizei.

»Die wollten jede Woche kommen und Schutzgeld kassieren«, berichtete er mir und hielt dann nachdenklich inne. »Ich hätte nicht so drastisch sein dürfen: Die Petersilie vom Suppengemüse darf man niemandem verweigern.«

Von Tag zu Tag wurde es heißer, die Wassermelonen wurden immer größer, die Kirschen immer dunkler, wir wurden von der Polizei bedroht, ich wurde von den Typen aus dem Viertel bedroht, und von Pato keine Spur. Die Mischung aus Hitze und schlechter Stimmung hatte den Gemüseladen »Mein Gefühl« zu einer billigen Grünzeug-abteilung der Hölle gemacht.

Obwohl es noch zwei Wochen bis zu den Festtagen waren, hatten die Leute bereits mit ihren Vorbereitungen für Weihnachten und Neujahr begonnen. Da ich Ferien hatte, verbrachte ich den größten Teil des Tages im Geschäft. Zu

Hause langweilte ich mich nur, und außerdem hoffte ich, daß Patricia irgendwann auftauchen würde.

Pablo und Ezequiel kamen ebenfalls oft in den Gemüseladen, wobei Equi weiterhin hart mit El Porvenir trainierte. Wenn sie mich nicht zu Hause antrafen, schauten sie im Geschäft vorbei und blieben eine Weile oder schleppten mich zum Kicken mit.

Und als hätte noch was gefehlt, um das Bild des Unglücks perfekt zu machen, erzählte Pablo eines Nachmittags, als wir im El Piave in Avellaneda ein Eis aßen, daß Carolina ihn angerufen hätte.

»Aha.«

»Sie wollte mit mir ins Kino. Keine Ahnung, woher sie wußte, daß ich italienische Filme mag, jedenfalls hat sie vorgeschlagen, im San Martín *Aprile* anzuschauen.«

»Italienisches Kino nervt«, sagte ich, um was zu sagen.

»Du bist derjenige, der nervt. Hat Carolina schon mal von mir gesprochen, hast sie dich nach mir gefragt?«

»Kann mich nicht dran erinnern«, log ich gemeinerweise.

»Ich glaub, ich spinne, am Ende werden alle eine Freundin haben, nur ich nicht«, sagte Ezequiel, nicht ahnend, welche Tragödie sich in meinem Herzen abspielte. »Wobei du so eine wie Carolina geschenkt haben kannst. Immer nur lesen und komische Filme gucken. Was soll's, wozu erzähle ich dir das, wo ihr doch Seelenverwandte seid.«

»Ja, nicht? Ich glaube, sie gefällt mir.«

»Italienisches Kino nervt«, sagte ich noch mal, erhielt aber keine Antwort, weil beide ihre ganze Aufmerksamkeit darauf richteten, daß ja nichts von dem Eis auf den Boden tropfte.

Pato tauchte an einem Nachmittag auf, an dem ich allein im Geschäft war. Ihre Schwester hatte sie nicht mit dabei. Sie kam in den Laden und grüßte mich. Dann sah sie sich das Obst an, als wollte sie etwas kaufen. Sie ging zu den Pfirsichen, nahm einen raus, machte ihn mit der Hand sauber und biß hinein. Sie setzte sich auf ein paar Kisten. Ich sah ihr einfach nur zu.

»Ich weiß schon«, sagte sie, »brauchst gar nicht den Mund aufzumachen, du schaust mich an, weil ich hübsch bin.«

»Gefällt mir gut, dein kurzes T-Shirt.«

»Ist heiß draußen.«

»Du bist ganz schön braun.«

»Bin eben in der Sonne gewesen.«

»Dein Bauchnabel gefällt mir. Darf ich mir den mal näher angucken?«

»Untersteh dich.«

»Verzeihst du mir?«

Sie aß den Pfirsich zu Ende, schaute sich um, wo sie den Kern hinschmeißen konnte, dann erst antwortete sie mir:

»Niemals. Wieviel bin ich dir für den Pfirsich schuldig?«

An diesem Nachmittag küßten wir uns zum ersten Mal im Gemüseladen. Ich halte Arbeit und Frauen lieber auseinander, also schlug ich ihr nach einer halben Stunde vor, uns für später zu verabreden. Außerdem würde mein Onkel gleich kommen. Seit die Polizei letztens da war, erschien mein Onkel immer gegen sieben im Geschäft und ging erst wieder weg, wenn wir den Rolladen runterließen. Wir machten ab, uns um acht an der üblichen Straßenecke zu treffen. Ich erzählte ihr, was passiert war, nachdem wir uns beim letzten Mal getrennt hatten.

»Diese Arschlöcher«, sagte sie wütend. »Die werde ich mir vorknöpfen. Ich weiß, wer das war.«

Von da an sahen wir uns wieder fast jeden Tag, nahmen unsere alten Gewohnheiten wieder auf, Spazierengehen, Eisessen, Cola und Küsse. Es war egal, daß wir wegen der Hitze schwitzten und uns die Kleidung am Leib klebte. Nichts schmälerte unsere Lust auf Umarmungen. Ich liebte den Geruch ihres Körpers, ihre feuchte Haut auf meiner. Das Glück war auf einmal wieder da, der Gemüseladen »Mein Gefühl« war keine Hölle mehr, sondern das Paradies auf Erden, Äpfel inklusive.

An diesem Nachmittag kam ich zu spät zum Laden. Zum Glück hatte es Pinocchio nie eilig, trotzdem ging ich die Häuserblocks zwischen Bushaltestelle und Geschäft zügig entlang.

Ich sah sie, bevor sie mich sahen. Das verschaffte mir einen kleinen Vorteil. Zum Glück ging ich auf dem Gehweg gegenüber, und als die vier mich entdeckten, hatte ich schon ein paar Meter Vorsprung. Sie nahmen die Verfolgung auf, ich rannte fast bis zum Geschäft, aber kurz vor der Tür spürte ich eine Hand auf meiner Schulter, die mich zurückhielt.

»Das Muttersöhnchen hat sich also an den Rockzipfel seiner Freundin gehängt«, sagte dieser Typ, der sich Perro nannte.

»Das tut man nicht, du kleiner Schisser, dafür machen wir dich fertig«, sagte ein anderer und kam so nah heran, daß er mit seiner Nase fast an meine stieß. Bevor ich die erste Ohrfeige verpaßt bekam oder meine Turnschuhe rausrücken mußte, tauchte Pinocchio in der Tür auf.

»Was willst du, Perro?«

In der Hand hielt er das Messer, mit dem wir die Kürbisse aufschnitten.

»Bist du nicht Pinocchio, der Bruder von Parilla?«

»Ja, und wenn ihr nicht gleich abzischt, schlitz ich euch auf.«

»Immer mit der Ruhe, Alter, geht nicht gegen dich.«

»Wenn's gegen ihn geht, geht's auch gegen mich. Wenn ihr ihm auch nur ein Haar krümmt, dann schneid ich euch die Eingeweide raus.«

Sie zogen ab, und mein Blut, das zu Eis erstarrt war, begann wieder zu fließen. Wir gingen in den Laden, und Pinocchio holte mir eine Cola. Ich trank direkt aus der Flasche und spürte, wie der Zuckergeschmack mir wieder Leben einhauchte.

»Das waren also die, die dir die Turnschuhe geklaut haben?«

»Ja.«

»Sind das Freunde von deiner Freundin?«

»Weiß nicht, sie kennt sie.«

»Ich hab dir gesagt, du sollst dich nicht auf Fiorito einlassen.«

»Die kannten dich.«

»Sie kennen meinen Bruder.«

Er fing an, die Kisten aufzuräumen, die längst aufgeräumt waren. Wie zu sich selbst fügte er hinzu:

»Nur deshalb sind sie gegangen.«

Diegos Geschenk

Ich war sieben, als ich zum ersten Mal ins Stadion von Boca gegangen bin. Wir, mein Vater, ein Freund von ihm und ich, hatten Logenplätze, die es in der Bombonera heute gar nicht mehr gibt. Der Freund von meinem Papa hatte die Karten besorgt, die sauteuer waren. Damals spielte Boca gegen Rosario Central. Ich trug mein Trikot, das ich am Tag vorher gekauft hatte, aber ausgerechnet an dem Tag hatten die Spieler von Boca andere Trikots an, weiße mit blauen und goldenen Streifen. Mein Idol damals war Roberto Cabañas, ein Paraguayer, der bei uns als Neuner spielte, ein Genie.

Danach bin ich noch oft ins Stadion von Boca. Zum Beispiel war ich an dem Tag da, an dem Caniggia River drei eingeschenkt und Diego einen Elfmeter verschossen hat, da saß ich auf den oberen Rängen. Und im Stadion war ich auch an dem Tag, an dem Guerra in der Nachspielzeit mit dem Hals ein Tor geköpft hat und wir drei zu zwei gewonnen haben. Ich ging gern mit meinem Vater ins Stadion, weil er auf den langen Fahrten im 54er, von Lanús nach Boca, immer Geschichten aus seiner Kindheit erzählte, von seinem Militärdienst, von seinen ersten Jobs. Ich weiß nicht, warum er sonst nie von solchen Sachen geredet hat, immer nur auf der Fahrt zum oder vom Stadion.

Von alldem habe ich eines Nachmittags auch Patricia erzählt, auf einem Platz, zu dem wir nach etwa zwei Stunden Spazierengehen gekommen waren. Ich habe nie rausgefunden, wie dieser kleine Platz heißt, auf dem es keine Spielgeräte gibt und auch kaum Bäume. Wir setzten uns unter einen der wenigen, die es gab. Ich wollte ihr erklären, warum ich das so wichtig fand, was sie mir von Maradona erzählt hatte an dem Nachmittag, an dem wir uns gezankt hatten, und gleichzeitig wollte ich dem Augenblick aus dem Weg gehen, in dem ich ihr von meinem Vater erzählen mußte, daß er eines Tages verrückt geworden, von zu Hause weggegangen und nie wiedergekommen war. Ich wollte nicht ins Detail gehen müssen, ihr erklären, daß mein Papa noch ein paar Briefe geschickt hatte, Briefe, in denen stand, daß es ihm gutging, dazu ein Haufen Erklärungen und Entschuldigungen, die mir nichts nützten. Mama auch nicht, aber wir haben so getan als ob. Wir haben uns gegenseitig aufgemuntert. Darüber wollte ich mit Patricia nicht reden und ihr doch sagen, daß ihre Geschichte mich brennend interessierte. Daß ich seit Jahren nur noch ins Stadion von El Porvenir ging und mir eines geschworen hatte: Ich würde nur mit meinem Vater wieder in die Bombonera gehen.

Zum Glück wartete sie nicht, bis zu dem Augenblick, in dem ich ihr sagen mußte, daß mein Papa eines Tages das Auto genommen hatte und mit einer anderen Frau weggefahren war, um irgendwo anders weitere Kinder zu haben, bestimmt. Bevor es soweit kam, erzählte mir Pato:

Patricias Vater Luis hat schon immer in Villa Fiorito gelebt. Als er klein war, hatten seine Eltern ein Haus auf der anderen Seite von Fiorito, in der Nähe des Bahnhofs. Ein paar Meter weiter wohnten die Eltern von Maradona mit all ihren Kindern. Das erste, was Luis von Diego mitbekam, war, daß er als zweijähriger Knirps immer bei den Größeren mitmischen wollte, wenn sie Fußball spielten. Luis war damals sieben oder acht, und wie alle Jungs in seinem Alter war er genervt von diesem Knirps, der den

Spielern immer zwischen den Beinen rumwuselte; sie
schubsten ihn weg, sie brachten ihn zum Weinen, sie versuchten ihn loszuwerden wie einen störenden Fussel. So
ging es jeden Tag, bis Diego oder Fussel drei oder vier war.
Eines Tages kam er mit einem winzigen Lederball zur Tür
raus, den ihm sein Cousin Beto geschenkt hatte, und fing
an allein zu spielen. Es war kein Profiball, keine Größe
fünf, sondern ein viel kleinerer, Größe eins. Wie geschaf-
fen für seine Zwergenfüße.

Patos Papa erzählte, daß er so was noch nie gesehen
hätte. Der Ball klebte Diego praktisch am Fuß, den lieben
langen Tag lang, und er trennte sich nur von ihm, wenn er
ihn ein bißchen weiter wegschoß, und dann holte er ihn
sich sofort wieder. Diego spielte damals noch in keiner
Mannschaft. Luis hingegen spielte bei Estrella Roja, einer
Mannschaft aus dem Viertel, die von Diegos Vater trai-
niert wurde und in Siete Canchitas, einem Acker mit sieben kleinen Fußballfeldern, gegen andere Mannschaften
aus der Gegend antrat. Patos Papa war der Beste. Sie
nannten ihn Raúl Bernao, weil ein Fußballspieler von
Independiente so hieß. Er hat erzählt, daß er sogar die
Steine ausgedribbelt hat, die auf dem Spielfeld rumlagen.
Diego ging immer mit seinem Vater hin, um die Spiele von
Estrella Roja anzuschauen, und immer wollte er in der
Nähe von Luis sein, der zu seinem Idol geworden war.

Eines Tages kam Luis gerade aus der Schule, als er etwa
vier Häuserblocks weg von daheim Diego sah. Er hatte
seinen Ball dabei, und um ihn herum standen ein paar
Jungs, die wesentlich älter waren als er, etwa so alt wie
Luis, also zwölf. Offensichtlich hatten diese Jungs es satt,
daß Diego sie ständig austanzte, denn sie hatten sich den
Ball geschnappt und spielten »Schweinchen in der Mitte«,
immer wieder warfen sie sich über Diegos Kopf hinweg

den Ball zu, nutzten aus, daß sie viel größer waren. Diego
schrie, sie sollten ihm den Ball zurückgeben, aber die
Jungs ignorierten ihn einfach.

Luis ging hin und sagte, sie sollten den Ball rausrücken.
Sie machten einfach weiter. Da verpaßte Luis dem einen
einen Kopfstoß, dem anderen einen Fußtritt, und riß dann
dem, der ihn gerade hatte, den Ball aus den Händen. Er
gab ihn seinem Besitzer zurück, prügelte sich weiter, bis
die Jungs genug hatten und sich verzogen. Luis hatte ganz
schön viel Kraft. Diego starrte ihn an, als wäre ihm gerade
Chapulín Colorado oder Spiderman erschienen. Sie gingen gemeinsam nach Hause, und unterwegs fragte Diego:

»Warum hast du mir geholfen?«

»Weil du in Not warst«, sagte Luis. Mehr nicht.

Im Jahr darauf spielte Diego bereits bei Estrella Roja,
und daher sah man ihn nicht mehr mit seinem kleinen Lederball, sondern er kickte bei den anderen Jungs mit. In
dem Jahr wollte Luis sein Glück bei einem Verein versuchen, bei Lanús oder Independiente. Alle sagten, er
hätte großes Talent am Ball, und er träumte davon, Fuß-
ballprofi zu werden und in der ersten Liga zu spielen.
Doch dann wurde Luis krank. Er bekam Fieber, hatte
Kopfschmerzen. Der erste Arzt, der ihn untersuchte, hatte
keine Ahnung, was er haben könnte, eine Lungenentzün-
dung vielleicht. Schließlich kam Luis ins Krankenhaus, als
zu dem hohen Fieber noch furchtbare Schmerzen in den
Beinen kamen. Die Kinderlähmung hatte ihn erwischt. Im
Viertel wurde Geld gesammelt, für Medikamente und damit die Großeltern von Pato ins Hospital Evita fahren und
sich Tag und Nacht um ihm kümmern konnten.

Nach vielen Wochen kam Luis wieder nach Hause, im
Rollstuhl. Die Ärzte hatten zu seinen Eltern gesagt, er
würde wieder gehen können, aber nur, wenn er sich an-

strengen würde, es läge also zum Teil an ihm. Eines würde er jedoch nie wieder können, nämlich Fußballspielen. Er lebte, aber der Fußballspieler, der in ihm gelebt hatte, war gestorben. Er wollte nicht essen, er wollte nicht in seinem Rollstuhl zur Tür fahren, er wollte die Übungen nicht machen, die man ihm verordnet hatte, damit sein Zustand sich besserte. Nachts, wenn seine Eltern ihn nicht sahen, weinte er.

Eines Tages tauchte Diego auf. Luis wollte niemanden sehen, aber Diego ließ nicht locker, und Patos Großmutter, die wollte, daß ihr Sohn sich mit anderen Jungs traf, schickte ihn durch bis zur Küche, wo Luis in seinem Rollstuhl saß. Diego hatte seinen Lederball dabei, der aus der Naht ging und an manchen Stellen fast durchgescheuert war. Diego ging zu ihm hin und gab ihm den Ball.

»Weißt du nicht, daß ich gelähmt bin, du Blödmann?« sagte Luis verärgert.

»Ich hab ihn nicht mitgebracht, damit du damit spielst. Ich habe ihn mitgebracht, damit du ihn aufbewahrst.«

»Und was bringt mir das, wenn ich ihn aufbewahre?«

»Der Ball ist das einzige, was ich habe. Deshalb will ich ihn dir geben. Wenn ich spiele, dann wie du, ich will immer so spielen wie du.«

»Und warum machst du das?« fragte Luis. Und Diego, der damals erst sechs oder sieben war, antwortete ihm mit den gleichen Worten wie Luis, als er ihn gegen die Jungs verteidigt hatte. Er sagte:

»Weil du in Not bist.«

Mehr nicht. Dann ging er wieder. Luis weinte nicht mehr jede Nacht. Kurze Zeit später ging er an Krücken, und nach wenigen Monaten konnte er wieder allein gehen. Er hinkt immer noch leicht, aber nicht schlimm.

Bevor er wieder laufen konnte, zogen Luis und seine Eltern auf die andere Seite von Villa Fiorito. Luis ist nie wieder zu den Siete Canchitas gegangen, Diego hat er auch nie wiedergesehen. Aber Patricias Papa hat ihr erzählt, daß er in schwierigen Momenten den Ball rausholt, ihn anschaut, ihn streichelt, und schon spürt er, wie sich seine Probleme in Luft auflösen.

Laut Pato kennen alle im Viertel seine Geschichte, und es gibt immer irgendeinen Jungen oder irgendeinen neuen Nachbarn, der ihn fragt, ob er den Ball nicht mal sehen darf. Dann nimmt ihr Papa ihn aus der Anrichte und legt ihn aufs Tischtuch, damit er ihn sich anschauen kann.

»Einmal«, sagte Patricia, »kam so ein Italiener und hat ihm hunderttausend Dollar dafür geboten. Aber mein Papa wollte nicht. Er sagt, Träume darf man nicht verkaufen. Träume muß man sich bewahren, damit sie größer werden und sich erfüllen. Und ich glaube ihm.«

Zu jung für Vorurteile

Es gibt haarige Spiele, und das am Samstag war so eins. Ezequiel war mit ein paar Jungs aus Crucecitas befreundet, die bei einem Stadtteilturnier in Avellaneda teilnahmen. Manchmal, wenn sie noch einen Spieler brauchten, riefen sie ihn an. Wenn sie zwei brauchten, rief Equi mich an. Diesmal sagten sie zu Equi, daß für die Partie gegen Estrella de Echenagucía noch drei Spieler fehlten. Also sind wir zusammen mit Pablo gutgelaunt zum Fußballplatz.

Wir mußten gegen eine Mannschaft aus der Gegend antreten, aus Agüero, wenn ich mich nicht irre, das ist ein Viertel beim Friedhof von Avellaneda. Wir waren neun: sieben Spieler, die Freundin vom Torhüter und der Cousin von dem Glatzkopf, der Libero spielte. Als wir ankamen, waren die sieben von der anderen Mannschaft schon da, dazu zweihundert Gorillas – Bier in der Hand –, die uns aus zehn Zentimeter Entfernung direkt ins Gesicht brüllten. Wenn die uns damit Angst einjagen wollten, war es ihnen gelungen.

Ezequiel kam zu mir und schrie mir ins Ohr (anders konnte man sich nicht verständigen):

»Che, ich glaube, wenn wir hier mit einem Tor Unterschied verlieren, ist mir das nicht unrecht.«

»Wenn wir hier lebend wieder rauskommen, hör ich auf mit dem Fußballspielen, das schwöre ich.«

Aber es war nicht irgendein Fußballspiel, es waren die Halbfinals der Stadtteilmeisterschaft. Im Hinspiel hatten die von unserer Mannschaft mit einem Tor Unterschied gewonnen. Das heißt, uns reichte ein Unentschieden, um weiterzukommen und unsere Sterbeurkunde zu unterzeichnen.

Nach der ersten Halbzeit stand es null zu null, und als wir in die Kabine wollten, um uns ein paar Minuten auszuruhen und was zu trinken, ließen uns die Hooligans nicht durch. Wir mußten draußen bleiben.

Zu Beginn der zweiten Halbzeit passierte alles Mögliche. Equi hätten sie beinahe zweigeteilt, und der Schiedsrichter pfiff nicht mal Foul. Zum Glück rannte die Heimmannschaft nach fünf Minuten mit Mann und Maus gegen uns an und schaffte es nach zehn Abprallern, den Ball endlich über die Linie zu bringen. Sie jubelten, als hätten sie den Weltpokal gewonnen. Die Fans brüllten uns weiterhin nieder, und ich bekam eine leere Tetrapackung ab, die ich freundlicherweise aufhob und an die Seitenlinie legte.

Aber die Stammspieler unserer Mannschaft wollten nicht verlieren. Als wieder mal ein Angriff gegen uns lief, säbelte unser Libero, der in Aussehen und Verhalten denen von der gegnerischen Mannschaft in nichts nachstand, den Neuner von denen um, und wenn er ihm nichts gebrochen hat, dann nur, weil es Gott wirklich gibt und er sich noch ein bißchen auf unsere Kosten amüsieren wollte.

Offensichtlich hatten sie vor, Kleinholz aus uns zu machen. Einer schlug mir dermaßen hart ins Genick, daß ich von Rechts wegen hätte ohnmächtig werden müssen. Oder an einem Herzinfarkt sterben oder so was ähnliches. Relativ bald zückte der Schiedsrichter eine rote Karte, pfiff Elfmeter, obwohl das Foul drei Meter außerhalb des Strafraums passiert war, und zum Glück wurde es mucksmäuschenstill unter den zweihundert Fans, die eine Minute vor Ende der Partie das zweite Tor ihrer Mannschaft sehen wollten.

Aber nein. Der Idiot, der den Elfmeter ausführte, schoß

daneben. Unser Torwart machte schnell einen weiten Abschlag zu Pablo, der als Stürmer spielte. Wir stellten ihn immer vorne auf, weil er hinten nur Eigentore fabrizierte. Tore für uns praktisch nie. Heute schon.

Mit der Klasse eines englischen Spielers pflückte er den Ball aus der Luft, lüpfte ihn wie ein Brasilianer über seinen Manndecker, den Libero, der ihn umnieten wollte, tunnelte er wie ein guter Argentinier, und als er nur noch den Torwart vor sich hatte, versenkte er den Ball wie ein japanischer Kamikaze ein Kriegsschiff in Pearl Harbour. Tor. Tor des Monats. Hätte ich nicht beten müssen, hätte ich wahrscheinlich gejubelt, bestimmt.

Niemand schrie bei diesem Tor. Oder doch: Die gegnerischen Fans schrien. So müssen die Soldaten Attilas aufgeheult haben, bevor sie ein christliches Dorf niedermetzelten.

Die zweihundert Kerle stürmten das Feld und wollten unsere Köpfe als Souvenir. Ein Stoßtrupp von vier oder fünf Bekloppten kreiste Pablo ein, und ich hatte den Eindruck, sie wollten ihm jeden Zentimeter, den er bis zum Tor gelaufen war, mit einem Satz Ohrfeigen, Fußtritten und Augenstichen heimzahlen. Ohne lang zu überlegen, stürzten Equi und ich uns auf den Pulk, und zu zweit schafften wir es immerhin, einen wegzureißen. Und das reichte, damit Pablo losstürmen und die nächste Tür suchen konnte, während wir genügend Kräfte sammelten, um auf dem Absatz kehrtzumachen und ihm durch einen Flaschen-, Schläge- und Spuckeregen hinterherzurennen.

Niemand von uns kam auf die Idee, noch mal in der Kabine vorbeizugehen und unsere Taschen zu holen. Wie die Verrückten rannten wir raus auf die Straße und mußten Zuflucht suchen in der Feuerwehrwache von Echenagucía, die ein paar Meter von dem Club entfernt lag. Zum Glück hatten die Typen von der Wache Erbarmen mit uns und ließen sich gegen eine Zahlung von dreißig Pesos (das war alles Geld, was wir dabei hatten) breitschlagen, uns in einem Löschwagen bis zur Avenida Mitre, Ecke Beruti zu fahren. Bis unter die Decke gequetscht saßen wir da drin. Es war nicht wichtig, wie, sondern daß wir überlebten.

Als wir aus der Gefahrenzone raus waren, beschimpfte Ezequiel Pablo in allen Sprachen des Abendlandes, während die anderen ihm gratulierten und ihn baten, auch im Finale bei ihnen mitzuspielen. War aber nicht nötig. Der Sieg wurde uns aberkannt. Laut Schiedsrichterbericht »wegen unerlaubten Verlassens des Spielfelds«.

Seit Pinocchio mir gegen Perros Bande zu Hilfe geeilt war, hatten die Jungs aus Fiorito mich nicht mehr blöd angemacht. Im Gegenteil: Eines Nachmittags kam ich zufällig an ihnen vorbei, als sie am Eingang ihres Viertels rumstanden, und sie haben mir nichts getan. Sie sahen mich schweigend an, keiner hat sich getraut, mich auch nur zu beschimpfen. Der Perro hatte den gleichen Killerblick wie die Polizeihunde im Fußballstadion. Für alle Fälle ging ich von da an immer auf der anderen Straßenseite, obwohl dort, wenn ich zum Laden mußte, die Sonne draufknallte und ich das Gefühl hatte, mich durch die Sahara zu quälen. Dank Pinocchio rückten sie mir nicht auf die Pelle, okay, aber schlafende Hunde soll man nicht wecken.

Und während ich mich so dahinschleppte in dieser Bruthitze, die mich in ein geschmolzenes Bonbon verwandelte, strengte ich die wenigen Nervenzellen an, die mir noch verblieben, und fragte mich, warum mich diese Typen auf dem Kieker hatten. Waren das Freunde von Pato?

Waren das Nachbarn von ihr? War einer von denen, vielleicht dieser Perro, mal ihr Freund gewesen? Es gab vieles, was ich von Patricia nicht wußte. Immer wenn sie die vorderste Häuserzeile von Fiorito durchschritt, begab sie sich in eine Geschichte, die mich ausschloß, zu der ich keinen Zutritt hatte und die uns, gegen meinen Willen, gegen ihren Willen, voneinander entfernte. Vielleicht war ihr das gar nicht bewußt. Und ich wiederum dachte nicht daran, daß auch ich jedesmal, wenn ich den Bus nach Hause nahm, ein Territorium betrat, das Patricia fremd war.

Über solche Sachen traute ich mich mit Patricia nicht zu sprechen. Mit den Jungs auch nicht. Vielleicht hätte ich mit Pinocchio darüber reden können, letztlich aber habe ich alles Onkel Roberto erzählt. Wir waren allein. Es war kurz vor Ladenschluß, und wie immer, seit dem Tag, an dem der Cabo Polonio uns bedroht hatte, war er noch vorbeigekommen. Es ging ein leichter Wind, und die kühle Luft, die ab und zu hereinwehte, gab uns das Minimum an Kraft, das wir brauchten, um die Kisten im Laden zu verstauen.

»Du bist zu jung ...«, fing mein Onkel an.

»Um eine Freundin zu haben?« unterbrach ich ihn.

»Man ist nie zu jung, um sich vor den Schrecken der Liebe zu hüten. Nein, mein lieber Neffe. Du bist zu jung, um dich diesen ganzen Quatsch zu fragen.«

»Das ist kein Quatsch. Das ist das, was ich fühle«, sagte ich, während ich mir ein Glas Tonicwater einschenkte, das schon zu warm war.

»Du hast Angst vor dem Unbekannten, so wie wir alle Angst davor haben. In der Liebe gibt es zu viele Unbekannte, jedenfalls genug, um jedesmal davonzulaufen, wenn unser Herz stärker pocht als normal. Also mußt du

unterscheiden lernen zwischen deinen realen Ängsten –
davor, jemanden zu lieben, davor, nicht geliebt zu werden – und dem, was du dir nur einbildest.«

Mein Onkel stellte die Kürbiskisten hoch, holte Luft
und fuhr fort: »Du mußt zu unterscheiden versuchen zwischen deinen Ängsten in Sachen Liebe und deinen Vorur-
teilen.«

»Vorurteile?«

»Du denkst, daß sie anders ist als du, weil sie in Fiorito
wohnt. Und ja, sie ist anders als du, aber nicht nur, weil
sie dort wohnt, sondern weil ihre Mama gestorben ist,
weil sie eine kleine Schwester hat, weil sie die Schule haßt
und aus tausend anderen Gründen, von denen du mir
nichts erzählt hast und die auch du nicht kennst. Aber eines kann ich dir versichern: Was Angst angeht, Glücklich-
sein, Lieben und Leiden, da fühlt sie genauso wie du.
Oder wenigstens sehr ähnlich, ich will ja nicht übertrei-
ben. Und das wird auch immer so bleiben, ob man nun in
einem Armeleuteviertel wohnt, in einem Palast oder am
Arsch der Welt.«

»Ich hab keine Vorurteile«, wehrte ich mich, weil es
mich störte, daß mein Onkel mir etwas vorwarf, das meiner
Meinung nach nicht stimmte. Garantiert nicht stimmte.

»Dann glaubst du also nicht, daß dein Mädchen sich in
ein Wesen verwandelt, das du gar nicht richtig kennst, sobald sie Fiorito betritt?«

»Bist du schon mal in so einem Viertel gewesen?«

Mein Onkel zögerte.

»Hier? In Fiorito? Nein. Aber ich darf dich daran erinnern, daß ich in Fuerte Apache mal siebzig kugelsichere
Westen verkauft habe.«

»Das ist nicht das gleiche.«

»Und da sind schon deine Vorurteile.«

Ich zähle gern. Alles. Ich zähle gern, wie viele Schritte es von meinem Bett bis zur Eisdiele sind, wie viele Autos vorbeifahren, deren Nummernschild auf sieben endet, seit Jahren schon zähle ich, wie viele Sekunden ich pinkeln kann. Mein Rekord steht bei hundertacht Sekunden Pinkeln ohne Unterbrechung. Man muß schon ziemlich viel Limo trinken, um meinen Rekord einzustellen. Manchmal denke ich, daß ich gern in einem Raumfahrtzentrum arbeiten würde, daß ich gern derjenige wäre, der den Countdown zählt beim Start der Challenger oder irgendeines anderen Raumschiffs.

Und ich *erzähle* gern. Ich kann gar nicht anders. Meine Mama sagt, ich bin eine Quasselstrippe, aber das stimmt nicht, wenigstens nicht immer. Jedesmal wenn ich mich mit Patricia traf, hatte ich was Neues zu erzählen: was mir so im Laden passiert war, was ich als kleiner Junge erlebt hatte, welche Streiche ich mit Pablo in der Grundschule angestellt hatte. Ich erzähle gern Geschichten. Aber wahre Geschichten, Sachen von mir, oder das, was andere mir erzählt haben. Keine erfundenen Geschichten. Ich bin vielleicht eine Quasselstrippe, aber ich bin kein Lügner.

Also erzählte ich, sobald ich konnte, Pablo und Ezequiel die Geschichte, die mir Patricia erzählt hatte. Wir waren bei Pablo und spielten Sega, wobei wir aufpassen mußten, daß ja nicht seine Eltern plötzlich ins Zimmer schneiten, weil Ezequiel so ein Spiel besorgt hatte, das für Eltern nicht geeignet war. Seine Mama machte gerade was zu essen und konnte jeden Augenblick mit den Gläsern und den Sandwichs reinkommen, also nutzte ich die Gelegenheit, sie auf den neuesten Stand zu bringen. Pablo räumte die Segakonsole weg, und dann schauten mich die beiden ganz ernst an, als würde ich ihnen gleich eine

einzig gültige Wahrheit offenbaren. Oder eine große
Lüge.

Equi ist Anhänger von River, ein echter *gallina*, aber
das heißt nicht, daß er kein Fan von Diego ist. Er jammert
immer rum, daß er bei der WM 86 erst ein Jahr alt war,
und er schwört hoch und heilig, daß er sich an alle Spiele
Argentiniens bei der WM 90 erinnert. Meiner Meinung
nach hat er sie erst hinterher gesehen und bildet sich nur
ein, daß er sie live gesehen hat. Wenn schon Ezequiel
Maradona bewundert, dann braucht man bei Pablo, der
für Independiente ist, keine Worte verlieren. Wenn er
sechzehn ist, sagt er, wird er sich drei Tätowierungen machen lassen. Eine mit dem Gesicht seiner Mutter, eine mit
dem Gesicht eines französischen Schriftstellers namens
Calmus oder Capus oder so ähnlich, und dann noch eine
mit dem Gesicht von Diego. Alle drei hatten wir uns schon
mehr als einmal vorgestellt, wie es wäre, mit Maradona in
einer Mannschaft zu spielen. Und zu wissen, daß es den
ersten Ball noch gab, mit dem er gespielt hatte, war irgendwie unheimlich.

»Ist ja unglaublich«, sagte Ezequiel.

»Hast du ihn gesehen?« fragte Pablo.

»Nein, dafür müßte ich zu Patricia nach Hause, und da
ist ihr Vater. Anscheinend paßt er auf seine Tochter auf
wie ein Schießhund.«

»Wäre super, den Ball zu sehen, ihn anzufassen, was
weiß ich, einen Kopfball zu machen«, fügte Pablo hinzu.

»Ja, wäre super«, sagte ich. Pablos Eltern ließen sich
nicht blicken, und trotzdem konnten wir uns nicht auf das
scharfe Spiel konzentrieren, das Ezequiel besorgt hatte.
Alle drei dachten wir an diesen Ball, träumten von ihm.

Mit A wie Amor

Dieser Freitag war anders, an diesem Freitag begann das wichtigste Wochenende meines Lebens. Es waren noch zwei Tage bis Heiligabend, der Jahreswechsel zeigte bei den Leuten bereits Wirkung: Cidre, Hetze, Einkäufe und den Rest verschieben wir aufs neue Jahr. Es war unübersehbar, daß alle Welt Fruchtsalat oder Früchtepunsch oder Russischen Salat machen wollte, weil es im Gemüseladen die ganze Zeit so voll war, als würde der Weihnachtsmann höchstpersönlich bedienen. Trotzdem hatte ich mit meinem Onkel und Pinocchio abgemacht, daß ich an diesem Freitag um vier gehen würde. Ich mußte mich unbedingt mit Patricia treffen, und ich wollte nicht, daß es eine Verabredung wie jede andere würde.

Sonst drehten wir immer im Viertel ein Runde oder schlenderten Richtung Stadtzentrum von Lanús, aber diesmal hatten wir uns vorgenommen, einen richtigen Ausflug zu machen. Ich hatte vorgeschlagen, ins Shoppingcenter Alto Avellaneda zu fahren. Das kannte sie noch nicht. Sie reagierte so wie ich, wenn man mich in den Amazonas eingeladen hätte: Panik und Lust.

Sie sah umwerfend aus: Sie hatte den Jeansrock angezogen, den sie sich – das hatte ich schon rausgekriegt – für die Gelegenheiten aufsparte, die ihr wichtig waren. Drüber trug sie ein schwarzes Top, das die Träger ihres Büstenhalters sehen ließ, und sie hatte sich sorgfältiger gekämmt als üblich, weil ihre Haare so glatt waren wie nie. Von meinem zotteligen Schneewittchen war nicht mehr viel übrig. Diese neue Version gefiel mir zugegebenermaßen besser. Ich hätte sie stundenlang ansehen und trotzdem nicht entscheiden können, was ich am liebsten anschaute: die Beine oder das enge T-Shirt oder die Träger, die rausschauten, oder die braungebrannten Arme. Oder ihre faulolivenen Augen.

»Fauloliv«, hat sie mir mal geantwortet, als ich sie nach dem Küssen fragte, was für eine Augenfarbe sie hätte.

»Dunkelgrün?«

»Nein, Kleiner, hast du noch nie eine Olive gesehen, wenn sie faul wird. Die werden so, wie meine Augen.«

Wie nahmen den 271er, der endlos in der Gegend rumkurvte, bis er endlich beim Shoppingcenter ankam, aber es war auch der einzige Bus, der uns bis vor die Tür fuhr. Wir setzten uns auf den hintersten Zweiersitz, durchquerten Lomas, Escalada, Lanús, Gerli, kamen an dem zwei Querstraßen entfernten Stadion von El Porve vorbei, bis wir schließlich Avellaneda erreichten. Wir waren ganz verschwitzt. Angeblich wären es sechsunddreißig Grad, und am nächsten Tag sollte es noch schlimmer werden. Wegen der Hitze redeten wir kaum und küßten uns auch nicht, sondern hielten nur Händchen, mehr nicht. Ich dachte an den Ball, den Patricias Papa hatte, ich dachte daran, was ich mit den Jungs bequatscht hatte, wie toll das wäre, ihn zu sehen, ihn zu berühren.

»Und Maradona hat er nie wieder gesehen?«

»Nie.«

»Che, und was macht dein Papa so?«

Sie schaute mich an, wie sie mich nur anschaute, wenn sie sich in die Defensive gedrängt fühlte.

»Wie, was macht er so?«

»Was arbeitet er?«

»Gelegenheitsjobs«, sagte sie und fügte hinzu: »Manchmal, wenn er was findet.«

Sie ließ einige Sekunden verstreichen, starrte durch das

Fenster auf die um diese Uhrzeit verwaiste Avenida Pavón.

»Mein Papa ist Maurer, na ja, eigentlich kann er alles. Er ist Klempner, repariert die Elektrik, fällt Bäume. Maler ist er auch. Und dein Papa?«

»Mein Papa ... fliegt.«

»Fliegt er ein Flugzeug?«

»So was Ähnliches.«

Vielleicht hätte ich ihr die Wahrheit sagen sollen, ihr erzählen, daß mein Vater den Abflug gemacht hat, aber ich hatte wieder mal keine Lust gehabt. Zum Glück redete sie weiter.

»Mein Vater geht jeden Morgen aus dem Haus und fährt rein in die Hauptstadt, dahin, wo Leute vorbeikommen, die Arbeiter suchen. Wenn er bis mittags nichts kriegt, fährt er wieder nach Hause.«

Ich versuchte mir Patricias Papa vorzustellen, und ich konnte es nicht, so wie ich mir auch nicht vorstellen konnte, wie sie mittags abwartete, ob er zur Tür reinkommen würde, womit dann klar war, daß er an dem Tag keinen Peso mit nach Hause bringen würde. Es sei denn, andere aus dem Viertel fragten bei ihm an, weil sie einen Maurer- oder Klempnerjob hatten. Andere, die wahrscheinlich nicht mal genug hatten, um ihn zu bezahlen. So war es, das Viertel, wie war es dort eigentlich?

»Wie lebt es sich so in Fiorito?« fragte ich, ohne groß drüber nachzudenken.

Wir mußten aussteigen. Sie zuckte mit den Schultern, als würde sie das Thema nicht sonderlich interessieren.

»Im Sommer ist es heiß, und im Winter ist es kalt.«

Dann sprang sie aus dem Bus.

Wir überquerten den Parkplatz und betraten das Shoppingcenter. Drinnen verschwamm das Sonnenlicht, die Straßenhitze, und vor uns tat sich ein gigantischer Saal auf, der von bunten Geschäften beleuchtet wurde, kühle Gänge, Menschen überall. Es waren viele Jugendliche so wie wir da, aber auch Mütter mit Kindern, Gruppen von Frauen, alle trugen Einkaufstüten, Pakete, manche bummelten an den Schaufenstern vorbei, andere rannten, als könnte sonst der Heiligabend über sie hereinbrechen. Wir mischten uns unter die Menge, und ich stellte mir vor, daß all diese Menschen eine Art Meer waren, in dem Patricia und ich schwammen, so wie jetzt, händchenhaltend.

Ich hatte Hunger, also schlug ich vor, einen Hamburger zu essen. Wir gingen zur Eßmeile und bestellten zweimal das Menü Hamburger mit allem, Pommes und Cola.

»Nächstes Jahr fang ich an zu arbeiten«, sagte sie, während sie sich Pommes in den Mund steckte.

»Was?« fragte ich. Das Gebrabbel der Leute und die Musik im Hintergrund übertönten Patricias leise Stimme.

»Ich sagte, ich fange nächstes Jahr an zu arbeiten«, wiederholte sie etwas lauter.

»Und was?«

Sie zuckte mit den Schultern

»Ich weiß nicht, wahrscheinlich Putzen.«

»Bist du dafür nicht zu jung?«

»Und du? Bist du nicht zu jung, um in einem Gemüseladen zu arbeiten?«

»Und die Schule?«

Sie zuckte wieder mit den Schultern und sagte:

»Wozu soll die gut sein?«

Wir aßen auf und beobachteten die Nachbartische, die Leute, die immer noch mit ihren Tüten rumliefen, ja sogar mit den Einkaufswagen vom Supermarkt.

»Ich hasse es, kein Geld zu haben. All die Leute hier können sich Sachen kaufen und ich nicht. Wenn ich Geld verdiene, werde ich auch kaufen, was ich will.«

»Und was willst du?«

»Weiß nicht, alles, irgendwas. Wenn ich erst mal Geld habe, wird mir schon was einfallen.«

Zum Glück hatte an diesem Tag wenigstens ich Geld. Ich hatte mir meinen Wochenlohn abgeholt und die Absicht, ihn hier und heute mit Pato auf den Kopf zu hauen. Ich hatte vor, ihr ein Weihnachtsgeschenk zu kaufen, aber ich wußte nicht, was, also paßte ich ganz genau auf, wenn sie sich in einem der Schaufenster, an denen wir vorbeikamen, etwas länger ansah. Wir blieben vor einem Laden stehen, der Uhren, kleine Spiegel, Bilderrahmen und lauter solchen Krimskrams verkaufte. Pato hatte einige Halskettchen aus einer Auslage genommen und sie nebeneinander auf die Innenfläche ihrer Hand gelegt.

»Gefallen sie dir?«

»Sind schön.«

»Welche gefällt dir am besten?«

Sie nahm sich ein paar Sekunden Zeit, um mehrere miteinander zu vergleichen, und zeigte dann auf eine, die einen runden Anhänger mit einem A in der Mitte hatte.

»Ich hab ein T-Shirt, da ist auch so ein A drauf«, sagte sie.

»A wie Ariel?«

»Siehste. Dabei hatte ich es schon, bevor ich dich kennengelernt habe.«

»Das A steht für Anarchie, wußtest du das?«

»Ich weiß alles.«

Ich fragte die Verkäuferin, wieviel das Kettchen kosten

sollte. Sechzehn Pesos, zwei Pesos mehr, als ich ausgeben wollte, aber das wäre Geiz an der falschen Stelle gewesen. Schließlich konnte dieses A ja für Ariel stehen, ein Beweis für unsere Liebe, wie eine Art Verlobungsring.

Als ich zu der Verkäuferin sagte, daß wir das Kettchen mit dem Anhänger haben wollten, sah mich Pato mit großen Augen an und flüsterte nein, du bist verrückt. Die Verkäuferin steckte das Kettchen in einen kleinen Papierumschlag und überreichte ihn Patricia, die ihn etwas widerwillig entgegennahm, als wäre es ihr nicht recht.

Ich dachte, daß sie mir nach so einem Geschenk um den Hals fallen und mich abknutschen würde, aber Pustekuchen, sie war schweigsamer denn je, als müßte sie über jeden Schritt nachdenken, um ja nicht aus dem Takt zu geraten.

»Hat dir die Kette nicht gefallen?«

»Ist wunderschön.«

»Und warum bist du dann irgendwie sauer?«

»Ist viel Geld für ein Geschenk.«

»Jetzt sei nicht so. Warum legst du sie dir nicht um?«

Sie öffnete den Umschlag, ich nahm sie für sie raus und legte sie ihr um den Hals.

»Mit diesem schlichten Akt erkläre ich dich zur Königin von Fiorito und zur Schutzpatronin der Gemüsehändler.«

Als wir genug hatten vom Klamottenstöbern, lud ich sie ins Kino ein, das gleich in der Nähe war, direkt im Shoppingcenter. Ich kaufte eine Riesenportion Popcorn, eine Cola, und dann sind wir rein und haben uns *American Pie* angeschaut, weil mir ein Klassenkamerad gesagt hatte, der Film sei einsame Spitze. Pato erzählte, sie wäre als kleines Kind mal im Kino gewesen, als ihre Mama mit Elizabeth schwanger war. Das Kino damals war ebenfalls in einem Shoppingcenter gewesen, aber in der Hauptstadt. An eines konnte sie sich besonders gut erinnern, daß es saukalt gewesen war, so kalt wie jetzt. Sie hatte recht, es war saukalt in dem Saal. Sie hatte eine Gänsehaut, also legte ich meinen Arm um ihre Schultern und zog sie zu mir her, und sie kuschelte sich an mich. Genau in dem Augenblick fing der Film an, bei den ersten Dialogen merkte ich, wie sich ihr Körper anspannte.

»Muß man lesen?« fragte sie entrüstet.

»Ja, ist auf englisch.«

Sie schnaubte, und ich sah, daß sie sich auf die Untertitel konzentrierte. Sie brauchte ein paar Minuten, danach schien sie lockerer zu werden. Das heißt, sie hatte es aufgegeben. Genervt schaute sie sich die Szenen an.

»Mir ist langweilig«, flüsterte sie mir direkt ins Ohr und knabberte leicht daran, bevor sie sich wieder zurückzog. Ich wollte eigentlich den Film angucken, aber viel gesehen habe ich, ehrlich gesagt, nicht. Weil wir nämlich angefangen haben, uns zu küssen, und das Kino sagenhaft gut geeignet war, um sich richtig zu küssen, ohne daß jemand einen blöd anschaute, und sie umarmte mich, und ich stellte das Popcorn und die Cola auf den Boden, um sie besser umarmen zu können, und Gänsehaut hatte sie auch keine mehr, und ihre Augen glänzten im Licht des Films, den wir längst nicht mehr anschauten, und ich wollte sicherstellen, daß ihr nicht mehr kalt war, und ich streichelte sie mit dem etwas mulmigen Gefühl, daß sie gleich meine Hand da wegnehmen oder mir eine knallen würde, aber nichts da, auch sie prüfte gewissenhaft nach, ob mir noch kalt war, und es waren die wunderbarsten Zärtlichkeiten seit der Erfindung der Zärtlichkeit.

Als der Film zu Ende war und wir wieder im Shoppingcenter standen, fühlte ich mich wie in einer anderen

Dimension. Ich war so glücklich wie noch nie. Und auch sie lachte, als hätten wir statt der Cola Bier getrunken. Ich glaube, das war der Moment, in dem ich zu mir sagte: »Bitte, lieber Gott, mach, daß sie mich nie verläßt, wegen dem Perro nicht und auch sonst wegen keinem.«

Die Rückkehr der lebenden Toten

Am Samstag kamen nicht soviel Leute, wie wir gedacht hatten, trotzdem war genug zu tun. Wahrscheinlich würden die meisten auf den letzten Drücker kommen. Ich würde bis dahin jedenfalls nicht mehr da sein, dann waren Pinocchio und mein Onkel dran. Sonntags hatten wir normalerweise nicht auf, aber weil es der 24. Dezember war, würden wir aufmachen, um an denen zu verdienen, die erst im letzten Moment entschieden, Fruchtsalat und Früchtepunsch zu machen.

Am Samstag, dem 23. Dezember, war ich um fünf mit Pato verabredet. Danach würde ich mich mit Pablo und Ezequiel treffen, um eine Pizza zu essen. Um Punkt fünf war ich an der Ecke mit dem Plattenladen. Eine Minute nach der anderen verging, und von Pato keine Spur. Um sechs machte ich mir allmählich Sorgen. Und wenn sie nicht kam? Und wenn sie entschieden hatte, mit mir Schluß zu machen? Warum ließ sie mich hier stehen?

Meine Augen waren schon ganz müde, so sehr starrte ich in die Ferne, ob ich sie irgendwo auftauchen sah. Als ich sie um halb sieben zwischen den Leuten erspähte, fing mein Herz wieder an wie wild zu trommeln. Sie kam nicht allein, führte ihre Schwester Elizabeth an der Hand. Das störte mich nicht weiter, wichtig war nur, daß sie gekommen war. Sie schaute ganz ernst, ließ die Schultern hängen, ihre Augen waren matt. Sie sah aus wie eine Achtzigjährige.

»Ich kann nicht bleiben«, sagte sie und ließ Elizabeths Hand los, die ein paar Meter wegging, damit wir in Ruhe reden konnten. Sie entschuldigte sich nicht für die Verspätung, und mir wurde klar, daß was Schlimmes passiert sein mußte.

»Ich muß ins Krankenhaus, mein Vater wurde eingeliefert.«

»Was ist passiert?«

»Er hatte einen Herzinfarkt.«

»Wie geht's ihm?«

»Besser als gestern, aber immer noch schlecht. Wenigstens Eli habe ich zurückholen können«, sagte sie und zeigte auf Elizabeth, »aber wenn ich ohne Ball ankomme, ist es aus mit ihm.«

»Versteh ich nicht.«

»Uff, ist immer das gleiche. Meine Mutter hat Eli mitgenommen. Begleitest du mich ins Krankenhaus?«

Da war eindeutig was faul.

»Wie, deine Mutter hat deine Schwester mitgenommen? Ist deine Mutter nicht tot?«

»Mehr oder weniger. Für mich ist sie tot, für meine Schwester, für meinen Papa. Aber manchmal kommt sie vorbei und nervt.«

Also gingen wir drei ins Hospital Evita. Da lag ihr Papa nämlich, in der Kardiologie. Unterwegs erzählte sie mir, was passiert war.

Ihre Mama hatte sie vor einigen Jahren verlassen. Als sie mir das sagte, hätte ich sie gern unterbrochen, hätte ihr gern gesagt, daß mir mit meinem Papa genau das gleiche passiert war, daß wir beide es verheimlicht hatten, daß wir wieder eine Gemeinsamkeit mehr hatten, aber ich hielt meinen Mund.

Sie sagte, sie hätte sie verlassen, um irgendwo anders in Fiorito zu wohnen, auf der anderen Seite, in der Nähe des Bahnhofs. Sie war mit einem Polizisten durchgebrannt und wohnte jetzt in einem viel besseren Haus. Als sie ging, ließ sie die beiden Töchter beim Vater, und lange hörten sie nichts von ihr, bis eine Nachbarin erzählte, sie hätte sie mit diesem Polizisten gesehen, in einem schicken Haus, das sich der Typ da hatte bauen lassen, am Rand von Fiorito.

Rund zwei Jahre später kreuzte die Mutter plötzlich auf und sagte, daß sie die Mädchen mitnehmen wollte, bei ihm würden sie nur Hunger leiden, wohingegen sie ihnen ein gutes Zuhause und täglich warmes Essen bieten konnte. Der Vater sagte, ihr wäre nicht zu trauen, sie hätte ihre Töchter schon mal verlassen, und woher sollte er wissen, ob es nicht bald schon wieder vorbei wäre mit ihrem Interesse für die Kleinen. Und außerdem würde keine von beiden bei ihm Hunger leiden.

Die Mutter ging auf Patricia zu und sagte, bei ihr hätte sie ein Zimmer für sich allein, mit Puppen, und einen Fernseher hätten sie auch.

»Ich werde den Papa nicht verlassen«, sagte sie. »Und um Eli kümmere ich mich.«

Die Mutter ging weg, tauchte aber andauernd wieder auf. Sie sagte, sie würde die beiden gewaltsam holen lassen, mit einem Richter sprechen, und wenn sie sich weigern würden, kämen sie in ein Heim. Aber es blieb immer bei Drohungen. Laut Patricia hatte sie im Grunde gar keine große Lust, sie mitzunehmen, es war wohl eher so, daß sie ihren Papa piesacken wollte, weiß der Teufel, warum.

Am Abend davor, während Pato und ich im Shoppingcenter waren, war die Mutter wieder mal gekommen. Patricia wußte nicht, welche Gemeinheiten sie ihrem Papa an den Kopf geworfen hatte, fest stand nur, daß er plötzlich Brustschmerzen hatte, und daß sie, statt ihm zu helfen, Elizabeth gepackt und ihn allein da hatte liegenlassen, mit seinen Schmerzen.

Zum Glück hatten die Nachbarn alles mitbekommen und leisteten so lange Erste Hilfe, bis man ihn ins Krankenhaus bringen konnte. Als Pato nach Hause kam, erfuhr sie, was passiert war. Sie ist dann erst mal ins Evita gegangen, um ihren Vater zu besuchen, aber sie wußte, daß sie sich anschließend mit ihrer Mutter anlegen mußte, um Elizabeth zurückzuholen. Sie blieb die ganze Nacht im Krankenhaus, und am Nachmittag hat sie dann ihrem Vater versprochen, daß sie Elizabeth suchen und mitbringen würde, damit er sie sehen konnte.

Elizabeth war nicht das einzige, was die Mutter mitgenommen hatte. Als Patricia zu Hause vorbeiging, sagte ihr ein Gefühl, daß sie sich die Anrichte mal näher ansehen sollte, wo ihr Vater Diegos Ball aufbewahrte. Er war nicht da. Ihre Mutter hatte den Ball geklaut.

Sie ging zu dem schicken Haus, ihre Mutter war da. Sie ließ sie rein. Der Polizist saß in einem Sessel und schaute Fernsehen. Eli saß in einer Ecke im Eßzimmer wie ein nasses Entchen, dem die Lust vergangen war, auch nur eine Feder zu rühren.

Patricia schmiß ihrer Mutter so einiges an den Kopf, bis die ihr eine saftige Ohrfeige verpaßte und sagte, sie soll ihre Schwester mitnehmen und sich nie wieder blicken lassen.

Pato forderte den Ball ein. Ihre Mutter spielte die Dumme, aber weil ihre Tochter nicht lockerließ, gab sie schließlich zu, daß der Polizist ihn Freunden gegeben hatte, damit die ihn verkauften. Sie hatte ihn nicht mehr. Und außerdem wäre ihr Papa ein Idiot, wenn er mit dem Ball kein Geld machen wollte, von Erinnerungen könnte man nicht leben. Patricia wollte wissen, wer diese Freunde des Polizisten waren, und als ihr Mutter schließlich damit rausrückte, wäre sie beinahe tot umgefallen.

»Die Gardelitos, die haben den Ball von meinem Papa. Schlimmer hätte es nicht kommen können.«

Ich hatte keine Ahnung, wer die Gardelitos waren. Patricia sagte, das wären so Mafiosi, die mit Einbrüchen und in letzter Zeit auch mit Angriffen auf neue Leute im Viertel ganz Fiorito in Angst und Schrecken versetzten.

»Was für neue Leute?«

»Die von der Siedlung.«

Die Gardelitos waren nicht nur Diebe, sondern sie arbeiteten auch als Stoßtrupp, um Familien wegzukeln, die sich in Fiorito auf unbebauten Grundstücken niedergelassen hatten. Deshalb konnten sie auch so gut mit der Polizei, weil sie mit ihr zusammenarbeiteten, ein paar von denen waren sogar selbst Polizisten. Und diese Typen, die für ein paar Pesos, ohne mit der Wimper zu zucken, stahlen, töteten oder was immer, hatten den Ball von ihrem Papa, den Ball von Maradona.

»Und wo treiben die sich so rum?«

»Auch in Fiorito.«

Als sie mit Eli loswollte, vollkommen am Boden zerstört wegen des Balls, sagte der Polizist, der bis dahin keinen Ton von sich gegeben hatte:

»Und du, Mädchen, paß auf, mit wem du dich rumtreibst. Dein neuer Macker arbeitet bei einem Gemüsehändler, der nicht das tut, was er sollte. Irgendwann wird der Bengel Ärger bekommen.«

Ich fragte sie, ob der Polizist eine Narbe unter dem linken Auge hatte, und sie meinte ja. Der Cabo Polonio: nichts Schöneres als ein Wiedersehen mit einem alten Bekannten. Ich war überrascht, erschrocken, empört, mein Blut pochte heftig, und es tat mir im Herz weh, Patricias Leidensmiene zu sehen.

»Es ist so furchtbar, Ariel, mein Papa wird sterben.

Wenn er mitkriegt, daß er den Ball nicht mehr hat, wird er nicht mehr weiterleben wollen.«

Es kam ganz spontan. Ich hatte nicht drüber nachgedacht, aber wenn ich drüber nachgedacht hätte, wäre ich zu dem gleichen Schluß gekommen und hätte es genauso gesagt. Vielleicht wegen dem, was der Polizist über mich dachte, vielleicht, weil ich mich daran erinnerte, daß mein Onkel mich gelehrt hatte, sich nicht von der Angst lähmen zu lassen, vielleicht, weil ich wußte, daß ich mich später mit meinen Freunden treffen würde und sie mich nie im Stich lassen würden und daß ich meinerseits die Menschen, die ich liebte, nicht im Stich lassen durfte, vielleicht, weil ich Patricia nicht leiden sehen konnte, oder vielleicht auch nur, weil es um Maradonas Ball ging. Ich konnte nicht zulassen, daß sein Ball in den Händen von Verbrechern war. Vielleicht aus all diesen Gründen zusammen sagte ich:

»Keine Angst, geh jetzt los und besuch mit Eli deinen Papi, um den Ball werde ich mich kümmern. Du hast schon deine Schwester zurückgeholt. Also beschaffe ich den Ball wieder, und den bringe ich dir dann nach Hause.«

Ich wußte, daß meine Freunde für mich da sein würden. An diesem Abend, als wir eine Pizza Letztes Abendmahl aßen, kam das, was ich gesagt hatte, keinem der beiden verrückt vor. Und selbstverständlich würden sie mit mir kommen. Sie würden mich bei dieser haarigen Partie nicht hängenlassen.

»Wir werden das Glück von Champions brauchen«, sagte Pablo, der wie immer derjenige war, der am meisten nachdachte.

In dieser Nacht konnte ich nicht schlafen. Die Gardelitos jagten mir keine Angst ein (letztlich wußte ich nicht viel von ihnen), sondern die Vorstellung, daß ich jetzt doch nach Villa Fiorito reingehen würde. Was ich mich die ganze Zeit lang nicht getraut hatte, erwies sich nun als unvermeidliche Notwendigkeit. Und ich fühlte mich dabei gar nicht so unwohl. Wenn ich bereit war, nach Fiorito reinzugehen, dann war ich nicht der Feigling, für den ich mich immer gehalten hatte.

Wie sollte ich die Gardelitos finden? Sollte ich Leute von da drin fragen? Und wenn ich sie erst mal ausfindig gemacht hatte, was sollte ich dann tun? Darüber war ich mir noch nicht im klaren, aber bei der Suche nach den Gardelitos konnte mir bestimmt Pinocchio helfen.

Mit Pablo und Ezequiel verabredete ich, daß wir uns um halb neun im Gemüseladen treffen würden. Eigentlich hätte ich erst um zwölf dort sein müssen, denn morgens würde Pinocchio bedienen.

Ich war früh dran, Pinocchio war zwar schon im Laden, hatte aber noch nicht aufgemacht. Er war gerade dabei, das ältere Gemüse zu säubern. Als er mich sah, war ihm sofort klar, daß was Schlimmes passiert sein mußte. Ich erzählte es ihm in allen Einzelheiten, und als ich fertig war, sagte er:

»Wer sich mit den Gardelitos anlegt, begibt sich in die Höhle des Löwen.«

»Ich muß halten, was ich Patricia versprochen habe.«

»Die Sache hat auch was Gutes: Bist du erst mal tot, hast du kein schlechtes Gewissen mehr, wenn du's nicht halten konntest.«

»Sagst du mir, wie ich sie ausfindig machen kann?«

»Der Unterschlupf der Gardelitos liegt in der Nähe des Camino Negro, gleich bei der ›Lagune der zwei Toten‹.«

»Und wie komme ich da hin?«

»Es gibt zwei Wege. Du kannst immer schön geradeaus gehen, dann bist du in zehn Minuten da. Sehr wahrscheinlich läufst du einem von den Gardelitos in die Arme, der bis dahin längst weiß, wer du bist und was du suchst; oder anderen Verbrechern, die zwar nicht so mörderisch sind wie die Gardelitos, aber trotzdem gefährlich; oder du stößt auf den Perro, und der will dir ins Gedächtnis rufen, daß er mal der Freund deiner Freundin war; oder du triffst den Cabo Polonio oder einen seiner Helfershelfer. Und eines ist klar: Jeder von denen wird dich kaltmachen.«

»Okay, den Weg also nicht.«

»Für den anderen Weg brauchst du locker mehrere Stunden«, sagte er mit der Stimme und Souveränität dessen, der Bescheid weiß, und die ich an ihm noch nicht kannte, »man muß Fiorito vom anderen Ende her betreten. Man muß an bestimmten Ecken abbiegen und bestimmte Stellen meiden, als wären sie vermintes Gelände. Es gibt Leute, die dir unterwegs helfen können, und andere, die dir den Weg endgültig versperren. Man muß diejenigen zu finden wissen, die einem helfen, und um die anderen muß man einen Bogen machen.«

In dem Moment kamen Ezequiel und Pablo rein. Sie trugen Bermudashorts und ziemlich große T-Shirts, sahen aus wie Spieler der NBA.

»Hallo«, grüßte Ezequiel, der so fröhlich wirkte, als ginge es gleich auf einen Ausflug. »Und, sind wir ein Team?«

»Die beiden werden dich begleiten?« fragte Pinocchio, und als ich nickte, ging er zu den Kirschen und fing an, eine Tüte vollzupacken; dann nahm er ein paar Pfirsiche und Äpfel und steckte sie in eine andere Tüte.

»Was machst du da?« fragte ich.

»Ich packe Obst ein für unterwegs. Bei der Hitze heute trocknen wir sonst aus, bevor wir auch nur hundert Meter gegangen sind.«

»Hast du *wir* gesagt?«

»Ja, ich komme mit euch. Einen können sie von mir aus umbringen, aber drei Tote sind ein bißchen viel für mein Gewissen. Außerdem sollten wir jetzt los, denn wenn eins nichts passieren darf, dann daß uns da drin die Nacht überrascht – oder das Gewitter, das im Anzug ist.«

»Und der Gemüseladen?«

»Der bleibt geschlossen. Ich schreib deinem Onkel einen Zettel, er wird's schon verstehen, wenn er kommt. Und außerdem: Wer kauft schon am 24. Dezember ein?«

Er nahm einen alten Rucksack und tat das Obst rein. Dazu legte er noch das Messer, mit dem wir Kürbisse und Wassermelonen aufschnitten.

»Wozu soll das denn gut sein?«

»Falls wir einen Kürbis aufschneiden müssen. Los, ihr Kürbisköpfe, dann wollen wir mal.«

Wir verließen den Laden und gingen die Ejército de los Andes entlang, vorbei an der Stelle, an der Pato immer rauskam und wo meistens auch der Perro und seine Freunde rumlungerten, und dann weiter, bis wir in Straßen einbogen, die ich nicht kannte. Einen Moment lang verlor ich Fiorito aus den Augen. Nach einigen Straßenzügen tauchte diese Ansammlung von baufälligen Häusern wieder auf, die mit allen denkbaren und undenkbaren Materialien zusammengezimmert waren. Ich fühlte mich absolut sicher, weil meine beiden Freunde bei mir waren, und dazu Pinocchio, also einer, der uns drei besser beschützen konnte als der aufmerksamste Schutzengel. Wir waren ein Team, wie Ezequiel sagen würde.

An einem engen Weg, der sich im Inneren von Fiorito verlor, hielten wir an. Es war neun Uhr morgens. Bevor wir ihm folgten, sagte Pinocchio:

»Ich weiß nicht, was für ein Bild ihr von Fiorito habt, aber es kann nur falsch sein. Fiorito unterscheidet sich von allem, was ihr kennt, dort ticken die Uhren anders, da gelten andere Regeln, die Dimensionen sind anders, da drin sind Wasserpfützen Flüsse, ein Geröllhaufen ist ein Berg, zwanzig Häuser sind ein eigenes Land: Ganz Fiorito ist eine andere Welt. Ihr werdet Dinge sehen, die ihr euch nie vorgestellt hättet, und ihr werdet erst dann wieder in Sicherheit sein, erst dann wieder aufatmen können, wenn ihr da wieder raus seid. Ihr gehört nicht dazu. Ihr werdet auch nie dazugehören. Ihr werdet euch auf einem Terrain bewegen, auf dem ihr nichts zu suchen habt und wo ihr nicht willkommen seid. Es macht nichts, wenn ihr nicht versteht, was ich euch gerade sage. Ihr werdet's schon noch sehen. Und jetzt los.«

Und dann gingen wir im Gänsemarsch rein nach Fiorito, als begäben wir uns in eine neue Welt.

Zweiter Teil

Echos aus Babylon: Die große Jagd

»Wenn es der Weihnachtsmann wirklich bis hierher schafft, wird er vor Hitze eingehen«, sagte Ezequiel, während er sich mit der Hand den Schweiß von der Stirn wischte.

»Der Weihnachtsmann kommt nie hierher«, fügte Pablo hinzu, der ständig nach links und rechts schaute, als ob er nur darauf warten würde, daß gleich Steine oder Kugeln flogen.

Pinocchio hatte sein T-Shirt ausgezogen und um den Kopf gebunden. Die Sonne brannte gnadenlos, obwohl es noch nicht mal zehn Uhr morgens war, und nichts schien unsinniger als der Wetterbericht, der für diesen Heiligabend Regen vorhersagte. Die Hitze, die vom Boden aufstieg, war genauso stark wie die, die vom Himmel runterbrannte. Es gab praktisch keinen Schatten, und das Wellblech der Häuser heizte die Luft noch mehr auf. Hitze von oben, von unten und von beiden Seiten.

»Die reinste Hölle hier, Leute«, sagte ich. »Ist es noch weit?«

»Nicht mehr so weit wie vor zehn Minuten. Und zehnmal weiter als von hier bis zum Gemüseladen.«

»Das heißt ...«

»Sehr weit. Spart eure Spucke auf, ihr werdet sie noch brauchen.«

Vor zehn Minuten hatten wir die erste Häuserreihe passiert. Im Gegensatz zum Eingang von der Ejército de los Andes aus waren die meisten Häuser auf dieser Seite aus Zement oder Fertigbauten, hatten einen kleinen Vorgarten, manche sogar Weihnachtsschmuck an der Tür; strenggenommen sah das hier eher aus wie ein normales

Wohnviertel mit bescheidenen Häusern, weil die Wände gestrichen und fast alle vorne schön verputzt waren, nur der Asphalt hatte es noch nicht bis hierher geschafft. Dann begann der Abstieg: Wo in der Straße vorher noch ein kleiner Garten war, war jetzt ein vertrocknetes Grundstück, und noch ein Stück weiter nur noch Gestrüpp, das mit verrosteten Eisenteilen, zerbrochenen Flaschen und Zementbrocken übersät war.

Was man am meisten sah, waren Kinder, von kleinen Babys bis zu Neun- oder Zehnjährigen, die sich in Cliquen rumtrieben oder vor irgendeiner Tür rumhingen. Vereinzelt gab es auch Frauen, ältere Leute, aber Männern oder Jungs in unserem Alter begegneten wir praktisch nie. Die Jungs starrten uns an, und manche Frauen auch, aber keiner sagte was, obwohl wir aussahen wie frisch gebadete Jugendliche auf einer Forschungsexpedition, die ihren Führer verloren hatten.

Wir gingen nicht einfach geradeaus. Pinocchio bog immer wieder ab, manchmal liefen wir ein Stück zurück, und ab und zu schien es sogar so, als würden wir im Kreis gehen. Man hätte leicht auf den Gedanken kommen können, daß Pinocchio uns völlig durcheinanderbringen wollte, damit wir uns in Fiorito verirrten.

»Was meint ihr, was hinter diesen Häusern ist?« fragte er, als Pablo wieder mal Anstalten machte, sich zu beschweren.

»Noch eine Reihe Häuser?«

»Nein, eine Reihe von Gefahren, und die umgehen wir gerade.« Mit dem T-Shirt, das er auf dem Kopf trug, trocknete er sich die Stirn ab. Dann fuhr er fort: »Vielleicht würden wir gewinnen, wenn wir uns ihnen stellen würden. Aber dadurch würden wir nur müde und hätten keine Kraft mehr für die Gefahren, die wir nicht umgehen können.«

»Wie in *Age*«, sagte Ezequiel.

»Wie was?« fragte ich.

»Wie in *Age of Empires*, so ein Computerspiel. Wir sind vier Soldaten auf einer Mission. Wichtig ist, am Ende das Ziel zu erreichen, also darf man keine unnötige Energie verschwenden, weil die schwersten Schlachten zum Schluß kommen. Bei den ersten sollst du nur deine Kräfte verpulvern. Man muß versuchen ...«

Pinocchio gab ihm mit einer Geste zu verstehen, daß er still sein sollte, an einer Ecke hatte er abrupt angehalten, und wir mit ihm. Er schien die Ohren zu spitzen. Das tat ich auch, aber ich hörte nichts außer ein Jaulen oder, besser gesagt, Gejaule. Ich blickte in die Gasse hinein, die sich rechts von mir auftat, und da war tatsächlich ein Hund. Und eigentlich nicht nur einer, sondern zehn. Sie gingen im Rudel, klebten fast aneinander, wie diese Hunde, die von einem Gassigeher ausgeführt werden, nur daß die hier keine Leine trugen und da auch kein Gassigeher war, der sie unter Kontrolle hielt.

Wir blieben reglos stehen, als würden wir »Ochs am Berg« spielen. Die Tiere taten nichts, was uns eingeschüchtert hätte, außer daß sie jetzt knurrten, kaum hörbar knurrten, so ein Knurren, als würden sie gleich losbellen oder zuschnappen.

»Sie haben uns gesehen«, sagte Pinocchio mit einer Stimme, mit der er auch »Wir sind tote Männer« gesagt hätte. Keiner antwortete ihm. Wir konzentrierten uns voll und ganz darauf, die Hunde zu beobachten und nicht einen Muskel zu bewegen. Seit einer Minute schon hielten wir die Luft an.

Die Hunde waren dünn, grau und nicht sehr groß. Einzeln hätten sie einem auf irgendeiner Straße in unserem Viertel wesentlich weniger Angst eingejagt als Spike von

den Rugrats. Sie machten einen nicht mal so nervös wie
zum Beispiel die Schäferhunde der Polizei im Stadion.
Aber zu zehnt verstärkte sich der Effekt. Alles spielte sich
in nicht mal zwei Minuten ab. Wir sahen sie an, sie sahen
uns an. Erst eher gleichgültig, dann leicht böse, weil wir in
ihr Revier eingedrungen waren, und schließlich begierig,
uns stückweise zu verputzen, bis nur noch unsere Kno-
chen in der Sonne lagen.

Wir lösten uns aus unserer Erstarrung und begannen
langsam zurückzuweichen, wie ein modernes Ballett in
Zeitlupe, unsynchron und mit einem klaren Ziel: nur weg
von dieser Meute. Auch die Hunde bewegten sich langsam, und zwar in unsere Richtung, wodurch der Abstand
zwischen uns immer gleichblieb. Einer der Hunde, offenbar der Anführer und merkwürdigerweise der Kleinste,
fing an zu bellen statt zu knurren, und alle anderen
stimmten mit ein. Das Bellen dröhnte dermaßen laut, daß
es jeden aus der Fassung gebracht hätte. Doch dann hörte
ich, wie Ezequiel neben mir »Mamma mia« schrie oder
vielmehr hervorpreßte, was wir mit »Nichts wie weg, die
kommen gleich« übersetzten. Wir ließen den letzten Rest
an Höflichkeit sausen, wandten den Hunden den Rücken
zu und rannten los, mit so langen Schritten wie möglich,
über Steine, über rumliegende Baumstämme und über
Löcher, die sich vor uns auftaten, ohne Rücksicht auf Ver-
luste durch Pfützen und riesige Schlammlachen. An der
erstmöglichen Kreuzung bogen wir ab, um sie in die Irre
zu führen, aber noch immer hörten wir ihr Bellen in unserem Nacken. Plötzlich tauchte vor uns das Drahtgitter eines Hauses auf und versperrte den Weg. Ohne länger
nachzudenken, sprangen wir drüber. Wir kamen in dem
Moment auf der anderen Seite auf, als die Hunde das Gitter erreichten. Sie waren nur einen Meter von unseren

Köpfen entfernt, konnten uns aber nichts anhaben: Das Gitter bildete eine perfekte Absperrung. Staubüberzogen und mit verschrammten Knien standen wir auf. Pinocchio hob einen Schuttbrocken vom Boden auf und warf ihn auf den Hund, der uns zuerst angebellt hatte. Er traf ihn genau am Kopf, und der Hund heulte markerschütternd auf. Er taumelte, und ich dachte schon, er würde sich mit den Vorderpfoten an den Kopf fassen, aber er machte kehrt, und ohne zu bellen oder stehenzubleiben, trotteten er und die anderen Hunde dahin zurück, woher wir gekommen waren.

»Hör auf, du Tierquäler«, rief Ezequiel, »du hättest ihn fast gekillt.«

»Wäre dieser Zaun nicht im richtigen Moment aufgetaucht, würden diese Hunde jetzt dein Rückenmark ausschlecken«, sagte er und wandte uns den Rücken zu. Dann fügte er hinzu: »Und jetzt verschwinden wir besser von diesem Grundstück, sonst schießen die uns von da drinnen noch über den Haufen.«

Wir gingen um den Zementbau herum und suchten nach dem Eingang. Von drinnen kam kein Geräusch, was uns nicht unrecht war, denn wie sollten wir erklären, was wir hier zu suchen hatten? Das Gitter vorne war höher als das hinten, hatte aber eine Tür. Wir mußten nicht mal drübersteigen, weil die Tür weder Schloß noch Riegel hatte. Vor dem Haus lag ein eher kleines Stück Brachland. Da gingen wir hin und setzten uns auf einige verrostete Metallteile, die vielleicht einmal zu einer Küche oder zum Fahrgestell eines Autos gehört hatten. Pinocchio holte ein paar Pfirsiche raus und warf jedem von uns einen zu. Gierig bissen wir hinein, nicht weil wir Hunger hatten, sondern weil uns der Durst von innen ausdörrte.

»Was gäbe ich für eine Cola«, sagte Pablo, während er mit dem Pfirsichkern auf eine kleine Dose zielte.

Ich stellte mir eine Anderthalbliterflasche vor, schön kühl, und wie mir die Cola die Kehle runterlief, ich hatte jetzt auch Lust auf ein eiskaltes Getränk. In diesem Augenblick betrat eine ältere, etwas bucklige Frau, die dicker angezogen war, als es die Hitze an diesem Morgen ratsam erscheinen ließ, das Haus, auf dessen Grundstück wir ein paar Minuten vorher eingedrungen waren. Pinocchio rief ihr zu: »Hey, gute Frau, haben Sie ein bißchen Wasser für uns?«

Die Frau blieb in der Tür stehen, drehte sich um und nahm uns in Augenschein.

»Wenn ihr Geld habt, gibt's alles, was ihr wollt.«

Pinocchio kramte in seiner Jeans und zog einen Zehnpesoschein raus; den zeigte er ihr. Die Frau kam auf uns zu. Aus der Nähe betrachtet wirkte sie noch älter, sie hatte eine Warze auf der linken Wange und roch säuerlich, als wäre sie in einem Olivenglas eingesperrt gewesen. (Faule Oliven: Ich mußte an Patricia denken, wo sie wohl gerade war?) Die Frau nahm den Schein und steckte ihn in den Ärmel ihres Kleids. Sie lächelte, ein Lächeln so schwarz wie der Eingang zu einer Höhle.

»Kommt mit.«

Wir folgten ihr über den Hof, den wir schon einmal betreten hatten, und gingen ins Haus.

»Für das Geld gibt's bei mir was Besseres zu trinken.«

Am Anfang konnten wir in der Dunkelheit gar nichts erkennen. Auch hier drinnen roch es säuerlich, aber anders säuerlich als die Frau, es roch, als wären viele Blumen im Zimmer, so wie es wahrscheinlich in einem Aufbahrungsraum voller Kränze roch. Und wenn hier im Dunkeln ein Toter lag? Die Frau öffnete ein kleines Fenster, wodurch ein Lichtstrahl einfiel und den Raum etwas erhellte. Das ganze Haus bestand aus diesem einen Zimmer.

»Haben Sie Cola oder Pepsi?« fragte Pablo.

»Nein, mein Junge, das nicht.«

»Na ja, kann auch Fanta sein oder Crush oder Seven Up«, fügte Equi hinzu.

In dem Zimmer standen ein Tisch, Stühle und an der Wand Betten. Alle drei rissen wir die Augen auf, bestimmt noch mehr als vorhin, als wir die Hunde gesehen hatten. Keine Leiche, kein Aufbahrungsraum, auch sonst keine Blumen irgendwelcher Art. Auf den Betten lagen zwei junge Frauen und schliefen. Eine war nicht zugedeckt, und obwohl es dunkel war und ich von diesen Dingen wenig Ahnung hatte, würde ich behaupten, daß sie nackt war.

»Setzt euch, ihr Lieben«, sagte die Frau und ging zu einem Schrank. Sie holte eine große Korbflasche raus, suchte nach Gläsern und schenkte eine grünliche Flüssigkeit ein. »Hier hab ich einen selbstgemachten Wein für euch, den macht mein Mann mit Trauben aus Quilmes.«

Die Frau, die zugedeckt war, wachte auf. Erst brummelte sie etwas, weil der Lärm sie störte, dann sah sie uns und setzte sich auf den Rand des Bettes. Weil deswegen das Laken verrutschte, konnten wir sehen, daß auch sie nicht ein armseliges Zipfelchen Stoff auf dem dunklen Leib hatte, der an den Stellen etwas heller war, die sie offenbar bedeckte, wenn sie in die Sonne ging. Sie nahm das Laken und legte es sich um wie eine Tunika. Dann stand sie auf und kam auf uns zu, die wir sie, ohne zu blinzeln, anstarrten. Sie setzte sich auf einen Stuhl. Mit jeder Bewegung, die sie machte, öffnete sich das Laken etwas mehr, ohne daß es sie groß zu kümmern schien.

»Seid ihr Freunde von Tante Bruna?« fragte sie mit einem Lächeln, das alle ihre Zähne zeigte, plus die, die bei der anderen Frau fehlten.

»Nein, wir sind nur auf einen Sprung hier«, sagte Pinocchio.

»Ich heiße Angela«, sagte sie, und ihr Lächeln bewirkte, daß sich das Laken endgültig öffnete.

»Na dann, meine Lieben, trinkt, das wird euch erfrischen«, sagte Tante Bruna, während sie die Gläser verteilte.

Dafür, daß sie den Wein nicht in einem Kühlschrank aufbewahrte, war er wirklich kühl. Er schmeckte ein bißchen bitter, wobei ich mich bei Weinen nicht so auskenne und nicht sagen konnte, ob er gut oder schlecht war. Außer dem einen oder anderen Schluck Bier hatte ich nämlich noch nie Alkohol getrunken. Und Pablo wurde schon schwindlig, wenn er zu viele Schnapspralinen aß. Wir hatten Durst, großen Durst, also trank jeder von uns ein ganzes Glas. Die bittere Note hinterließ auf der Zunge einen Nachgeschmack nach roter Beete. Das war es, wonach das Zimmer roch: der Geruch, der einem in der Nase hängenblieb, wenn man diesen Wein getrunken hatte. Ich stellte das Glas auf den Tisch und hatte den Eindruck, daß es in dem Zimmer immer heller wurde, dafür mein Blick aber immer verschwommener, als hätte jemand ein weißes Licht angeknipst, das die Konturen von allem und jedem verwischte.

Die andere Frau stand auf und ging, ohne sich etwas überzuziehen, in die Küche, uns beachtete sie dabei überhaupt nicht. Auch sie war dunkelhäutig und hatte die gleichen Badeanzugabdrücke auf der Haut. Sie war größer als Angela, hatte lange Beine und überhaupt so einen Körper, wie man ihn in der Werbung für Diätjoghurt sieht.

Diese Frau und auch Angela waren um einiges älter als wir, so um die zwanzig oder einundzwanzig. Sie zündete ein Herdfeuer an und setzte einen Teekessel auf. Mit dem Rücken zu uns stand sie da und störte sich kein bißchen an ihrer Nacktheit, und auch nicht an unseren Blicken, die ihr folgten wie die Fliegen.

Nur mühsam begriff ich, daß Pinocchio mit mir redete. Seine Stimme klang wie von fern, da war eine Phasenverschiebung zwischen dem Ton und dem Verständnisprozeß, der in meinem Gehirn ablief. Ich strengte mich an, um den Satz in meinem Kopf zu behalten, den er mir nun schon zum dritten Mal sagte und der sich bei den vorigen Malen verflüchtigt hatte, weil bei mir nur noch eine einzige Nervenzelle funktionierte, und die brauchte ich, um zu entscheiden, ob ich Angela oder die andere Frau anstarren sollte.

»Gefällt mir ganz und gar nicht«, sagte er.

»Die beiden sind doch umwerfend«, antwortete ich, und mit der Stimme kam bei mir auch Sabber raus.

»Die Situation gefällt mir nicht, du Blödmann.«

Während ich Pinocchio zuhörte, schaute ich Angela an, die sich lebhaft mit Ezequiel und Pablo unterhielt. Ich hörte nicht, was sie sagten; irgendwann kramten die beiden in ihren Hosentaschen und holten Geldscheine raus, die Angela nahm, während sie sich gleichzeitig bedeckte, wobei in ihren Augen ein Glanz lag, der genauso beunruhigend war wie ihr unbedeckter Körper.

»Wir gehen«, sagte Pinocchio lauter als nötig und stand auf. Auch ich stand auf, und das Zimmer wackelte wie bei einem Erdbeben. Ich hielt mich am Tisch fest, über meinem Kopf tanzten die Sachen, als würde sie jemand von einer Ecke des Raums in die andere werfen.

»Bleibt doch noch, ihr Lieben, bei der Hitze draußen

seid ihr hier besser aufgehoben. Ihr habt ja erst ein kleines Gläschen getrunken.«

Pinocchio ging zu Ezequiel und Pablo, die sich mit einem schwachen Lächeln auf dem Gesicht zur Tür bugsieren ließen. Wie störrische Esel zog er uns hinter sich her. Angela sagte so was wie wir würden uns doch gerade erst näher kennenlernen. Die andere drehte sich um und schaute uns mit einem Lächeln an, das eher spöttisch als zärtlich war. Die alte Frau sagte was, aber meine Nervenzelle erlaubte nur einen Satz alle zehn Sekunden. Ich hätte dieses Mädchen stundenlang anschauen können, das jetzt direkt vor mir stand, ohne daß ihr spöttisches Lächeln mir irgendwas ausmachte. Mit Angela hätte ich auch gern geredet. Aber Pinocchio hatte andere Pläne: Er drängte uns drei nach draußen. Die Hitze verpaßte uns eine feurige Ohrfeige. Das Sonnenlicht blendete uns, fast hätten wir beim Gehen die Hände ausstrecken müssen, um nicht gegen eine Mauer oder einen Baum zu stoßen. Pinocchio schleifte uns etwa zwei Straßen hinter sich her, bugsierte uns um eine Ecke, wir wichen einem Pferdekarren aus, der uns beinahe umgefahren hätte, und erst als wir schon ein ganzes Stück gegangen waren, redete er wieder mit uns:

»Seid ihr verrückt geworden oder was? Wollt ihr lebend ankommen oder in einer Grube enden?«

»Das waren zwei Mädchen und eine alte Frau«, verteidigte sich Ezequiel, der seine Augen auf- und zumachte, als hätte er sich noch immer nicht an das Sonnenlicht gewöhnt.

»Und ihr seid mir vielleicht Schlaumeier. Warum habt ihr dem Mädchen Geld gegeben?«

»Ich hab zu ihr gesagt, ich würde gern eine Cola trinken«, sagte Pablo. »Und sie hat sich angeboten, zum Laden zu gehen und ein paar Flaschen zu kaufen. Ob sie für sich auch eine Kleinigkeit kaufen könnte, hat sie gefragt, und da konnten wir schlecht nein sagen.«

»Che, bei mir dreht sich alles«, sagte ich, mir war schlecht, der Wein stieß mir auf, und ich merkte, daß es den anderen genauso ging, weil Equi, Pablo und ich alle gleichzeitig rülpsten. Das fanden wir witzig und mußten lachen, während Pinocchios Blick eine gewisse Ungeduld verriet. Pablo wollte sich auf den Boden setzen, aber Pinocchio ließ ihn nicht. Er sagte, wir müßten weiter.

Nach und nach sah ich die Dinge wieder in der richtigen Auflösung: Trotz des angekündigten Regens war der Himmel immer noch klar, die Erde unter meinen Füßen trocken, die Gräben waren schlammig und die Gesichter meiner Freunde dreckig.

»Wieviel Uhr ist es?« fragte Pinocchio.

»Fünf nach halb elf«, antwortete ich.

»Das Schlimmste von allem ist, daß ich immer noch Durst habe«, sagte Pablo.

Die Landnahme

Er hatte recht. Das Schlimmste von allem war, daß wir immer noch Durst hatten. Außerdem hatte der Wein einen bitteren Nachgeschmack hinterlassen, den wir dringend loswerden mußten. Pinocchio scheuchte uns noch zehn Minuten vorwärts, bis wir vor einem Holzhaus mit Wellblechdach stehenblieben. Vor der Tür spielte ein Kleinkind, das vielleicht anderthalb Jahre alt war. Außer Windeln hatte es nichts an und war genauso verdreckt wie wir. Es vergnügte sich mit einem Plastikbötchen, mit dem es über den Boden ratschte, als wäre es ein Formel-Eins-Auto. Pinocchio klopfte an die Tür, und heraus kam eine junge Frau, so um die dreißig, die ziemlich klein und extrem dünn war, so dünn, daß sie fast verhungert aussah.

»Pinocchio! Was machst du denn hier?«

»Ich schlendere ein bißchen durchs Viertel.«

Sie sah ihn ein wenig überrascht an, sagte aber nichts. Pinocchio ging in die Hocke und streichelte dem Kleinen über den Kopf.

»Wir haben Durst. Hast du Wasser für uns?«

Die Frau ging nach drinnen. Kurz darauf kam sie mit einem Kochtopf Wasser und einem Plastikbecher zurück. Wir schenkten den Becher voll, tranken daraus und reichten ihn weiter.

»Entschuldige«, sagte Pablo, und ich dachte schon, er würde nach einer Cola fragen, aber dann sagte er: »Der Kleine ... ißt der Obst?«

Die Frau zuckte mit den Schultern, so wie Patricia, wenn ihr etwas egal war.

»Wenn Obst da ist, schon.«

Pinocchio machte seinen Rucksack auf, holte eine

Pflaume raus und gab sie dem Kleinen, der erst daran lutschte und dann herzhaft zubiß.

»Der wird doch wohl nicht den Kern verschlucken«, sagte ich, aber das Kind knabberte nur ein bißchen an der Pflaume herum und warf dann den Rest auf den Boden. Pinocchio holte die Obsttüten raus und gab sie alle der Frau.

»Ein Weihnachtsgeschenk«, sagte er. Sie nahm die Tüten und stellte sie hinter die Tür nach drinnen.

»Wie hältst du dich so über Wasser, Lili?«

»Wir sammeln Pappe.«

»Fahrt ihr rein in die Hauptstadt?«

»Im Moment nicht, mit dem Pferdekarren ist es ja verboten.«

Pinocchio trank von dem Wasser. Wenn er nicht redete, herrschte Schweigen, weil wir drei nichts zu fragen oder sagen hatten. Vielleicht habe ich es mir nur eingebildet, aber ich glaube, daß seine Stimme leicht zitterte, als er fragte:

»Mariela wohnt immer noch beim Colorado?«

»Wie gehabt.«

»Ich werd bei ihr vorbeischauen.«

»Paß aber auf, sie ist sauber. Bring sie nicht in Schwierigkeiten.«

Pinocchio ging erneut in die Hocke und streichelte dem Kleinen noch mal über den Kopf. Er sah ihn an, nicht Lili.

»Werd's versuchen.«

»Ist irgendwas?«

Er stand auf und sah sie an. In ihren Augen spielte sich ein Dialog ab, der uns dreien entging, da wurden Botschaften ausgetauscht, die wir nicht entschlüsseln konnten.

»Schon. Die Gardelitos.«

»Wegen der Maut?«

»Was für eine Maut?«

»Wenn du mit dem Karren rauswillst, knöpfen sie dir eine Maut ab. Du mußt ihnen jeden Tag fünf Pesos in den Rachen schmeißen, sonst beschlagnahmen sie den Karren.«

Wir tranken den ganzen Topf aus, und Pinocchio bat sie, uns eine Flasche mit Wasser zu füllen. Sie machte zwei Flaschen voll, in denen mal Fruchtsaft dringewesen war, und Pinocchio steckte sie in seinen Rucksack.

»Paß bloß auf, Pinocchio, und mach keinen Blödsinn.«

»Ich mach nie Blödsinn«, sagte er. Er gab ihr einen Kuß, und wir hoben zum Abschied die Hand. Lili fragte nicht nach, wer wir waren, und wir erfuhren nicht, wer sie war. Keiner von uns dreien traute sich zu fragen.

Immer wenn Ezequiel, Pablo und ich zusammen loszogen, quatschten wir ohne Ende, gaben zu allem, was wir sahen, unseren Senf dazu. Diesmal aber herrschte Schweigen. Ab und zu sagte jemand einen Satz, aber die anderen gingen nicht drauf ein. Keiner sagte was zu den Häusern, an denen wir vorbeikamen, oder über die Leute, denen wir begegneten. Wir marschierten im Gänsemarsch, selbst wenn der Weg breit genug war, damit alle vier auf gleicher Höhe gehen konnten. Ganz vorne ging Pinocchio, dann kam Pablo, dann ich, und das Schlußlicht bildete Ezequiel.

Während wir schweigend so dahinmarschierten, hörte ich zu meiner Verwunderung, wie Ezequiel so was wie »Bonano; Sorín, Cambiasso, Hernán Díaz und Colocchini ...« vor sich hin murmelte. Ich dachte schon, er hätte einen Sonnenstich und redete wirres Zeug.

»Was murmelst du da?« fragte ich, ohne mich umzudrehen.

»Nichts. Ich hab mir gerade meine Traummannschaft zusammengestellt. Die perfekte Mannschaft. Bonano; Sorín, Cambiasso, Hernán Díaz und Colocchini; Almeyda, Redondo und Ortequita; der Diego, Crespo und Saviola.«

»Wieder mal typisch River-Fan«, sagte Pablo, und damit sprach er mir aus der Seele, weil ich genau das gleiche dachte. In seiner Traummannschaft waren fast nur Spieler, die mal bei River waren.

»Das ist eben meine Traummannschaft. Kannst ja deine eigene aufstellen«, sagte Equi.

»Die von jetzt oder die aller Zeiten?« fragte Pablo.

»Wenn's deine Traummannschaft ist, kannst du's dir doch aussuchen, du Blödmann«, erwiderte Ezequiel.

»Santoro; Clausen, Villaverde, Milito, Pavoni; Giusti, Marangoni, Burruchaga; Bochini, Maradona, Erico.«

»Sind ein Haufen dabei, die ich nicht kenne«, sagte ich.

»Weil ihr eben keine Ahnung habt von der Geschichte des Fußballs. Das sind alles Cracks, und alle haben sie das rote Trikot von Independiente getragen, außer Diego natürlich. Siebenmal die Copa Libertador, dreimal den Südamerika-Cup und zweimal den Weltpokal.«

»Und du, Pinocchio? Hast du auch eine Traummannschaft?« fragte von hinten Ezequiel. Als hätte man ihn gebeten, ein Gedicht auswendig aufzusagen, kam es wie aus der Pistole geschossen:

»Roganti; Chabay, Buglione, Basile, Carrascosa; Brindisi, Russo und der Engländer Babington; der verrückte Houseman, Roque Avallay und Larrosa.«

»Was sind denn das für Spieler?«

»Huracán 1973«, sagte er ernst und kategorisch, als wollte er sagen: »Keine weitere Diskussion«.

»Und du, Ariel?«

»Mal nachdenken. Also, Córdoba im Tor. Papa Brown, Samuel, Marzolini und der Schwarze Ibarra; der Mestize Simeone; der Baske Olearticochea und ich; Diego als Mittelfeldregisseur und vorne Canniggia und der Paraguayer Roberto Cabañas.«

»Wie, du? Nicht ganz dicht oder was?« regte sich Pablo auf. »Ausgerechnet du, der immer die Hand nimmt, wenn ein Ball auf ihn zugeflogen kommt«, witzelte er.

»Wenn es meine Traummannschaft ist, will ich mitspielen. Wenn nicht, träume ich eben nicht, und basta«, verteidigte ich mich.

»Hm«, sagte Equi, »wenn das so ist, dann stell mich als Rechtsaußen auf und streich dafür den Basken.«

Das war keine schlechte Idee. Eine Traummannschaft, in der Equi und ich zusammen spielten.

Wir hätten noch weiter über Namen von Fußballern diskutiert, wären wir nicht nach einer Reihe von Holzhäusern abgebogen und hätten plötzlich vor einem großen Berg aus Schutt gestanden. Pinocchio wirkte überrascht, sagte aber nichts. Wir kletterten rauf, und als wir schon dachten, wir wären oben, sahen wir, daß es noch mal einen Hang aus Geröll und Erde hochging. Wir stiegen weiter rauf und kamen plötzlich auf eine Art Ebene, aber aus Schutt, Glasscherben, Tüten- und Papierfetzen. Ein Stück weiter war noch eine kleine Anhöhe, und darauf lagen zwei Typen, einer in einem Trikot von Peñarol de Montevideo und der andere mit nacktem Oberkörper. Als allererstes schaute ich ihnen auf die Hände. Sie hatten keine Waffen.

Pinocchio sagte ›Hallo‹, und die beiden schlaksigen Typen schauten uns mißtrauisch an.

»Was wollt ihr?« fragte der mit dem nackten Oberkörper.

»Wir wollen zum Colorado.«

»Das ist weiter da lang«, sagte der im Trikot von Peñarol und zeigte auf den letzten Schutthügel.

»Wird aber schwierig, da hinten«, sagte der andere.

»Wieso?« fragte Pinocchio, und ich hörte aus seiner Stimme so was raus wie »du und wer noch wollen mich nicht durchlassen?«

»Wird eben schwierig«, wiederholte der Typ.

»Wenn dahinter kein Abgrund ist, warum sollten wir da nicht durchkommen?« sagte Pinocchio im gleichen Tonfall.

»Weil dahinter die Gardelitos sind«, sagte der Fan von Peñarol.

Männer, Frauen und Kinder. Einige Männer, mehr Frauen und viele Kinder. Das war das erste, was wir sahen, als wir runterspähten. Wir machten es wie in den Western, wo man den Kopf nicht zu weit rausstrecken darf, weil einen sonst ein Pfeil oder eine Kugel treffen kann. Pfeile waren da unten allerdings nicht die Gefahr.

Männer, Frauen und Kinder standen wie zusammengepfercht auf dem Gelände genau unter uns. Das Gebiet dahinter sah aus, als hätten die Hunnen es dem Erdboden gleichgemacht: jede Menge Schutt, kahle, halb niedergerissene Wände, Pappestücke, Wellblech, sogar das eine oder andere Waschbecken war zu sehen, eine Kloschüssel, die absurd in der Gegend rumstand.

Zwischen den Leuten und dem verwüsteten Feld standen drei Autos mit Typen drin und drumrum. Fast alle trugen Sonnenbrillen, einige telefonierten mit dem Handy. Zum ersten Mal sahen wir die Gardelitos. Wir waren alles andere als überrascht, als wir unter den Typen mit

Handy auch den Cabo Polonio und den Ayudante Balizas erkannten.

»Was machen die da?«

»Heute morgen«, sagte der Peñarolfan, »ist die Polizei mit Planierraupen angerückt, und die haben alle Häuser der Neuen plattgemacht.«

»Der Neuen?«

Wer schon viele Jahre hier lebte (oder wer dort geboren war wie Patricia), nannte sie »die Neuen«. Sie waren vor zwei Jahren aufgetaucht, und vielleicht kannte Pinocchio sie deswegen nicht. Es handelte sich um etwa fünfzig Familien, die nach und nach eingetroffen waren und sich auf Gemeindeland niedergelassen hatten. Sie hatten ihre Häuser gebaut, wodurch ein Viertel innerhalb eines Viertels entstanden war. Niemand störte sich daran, und abgesehen von den üblichen Streitereien unter den Jungs aus der Nachbarschaft gab es keine Probleme.

Eines Tages sahen sie sich plötzlich Schikanen ausgesetzt, die sie zum Abhauen zwingen sollten. Erst wurden sie bedroht und dann ausgeraubt. Einigen machten sie sogar die Häuser kaputt. Und allen versuchten sie das Wenige, das sie hatten, wegzunehmen. Aber die Leute waren dickköpfig und bauten auf dem verwüsteten Grundstück einfach neu. Anzeige erstatten brachte nichts, weil die Polizei nichts damit zu tun haben wollte. Alle im Viertel wußten, wer für die Schikanen verantwortlich war: die Gardelitos.

Die Leute von der Siedlung beschafften sich einen Anwalt, der ihre Verteidigung übernahm. Sie gingen auf Polizeireviere, zogen vor Gerichte, wandten sich an Fernsehsender. Das einzige, was sie damit erreichten, war, daß ein

Richter die Zwangsräumung des Viertels anordnete. Alle sollten gehen.

Zweimal versuchte man die Zwangsräumung auszuführen, aber niemand wich auch nur einen Zentimeter von den Häusern, die auf Grundstücken errichtet waren, die alle längst vergessen hatten, außer eben denen, die einen Ort zum Leben brauchten.

An diesem Morgen waren etwa achthundert Polizisten plus Planierraupen angerückt, um die fünfzig Familien zu vertreiben. Einige leisteten Widerstand und bekamen dafür den Knüppel zu spüren, andere rafften noch schnell ein paar Habseligkeiten zusammen, um nicht alles zu verlieren. Die Anwälte und die, die am heftigsten um sich getreten hatten, wurden verhaftet und auf das Erste Polizeirevier von Villa Fiorito gebracht.

Die Vertriebenen hatten sich gleich neben dem Gelände versammelt, wo einmal ihre Siedlung gewesen war. Weiter als die paar Meter hatte die Polizei sie nicht wegdrängen können. Einige Nachbarn waren gekommen und hatten ihnen geholfen, ihre Sachen zu retten, oder hatten Wasser gebracht. Andere waren aufs Polizeirevier gegangen, um zu protestieren. Weil Fernsehkameras dabei waren, zog die Polizei sofort ab, als die Räumung beendet war. Aber dann kamen gleich diese Autos angefahren mit Männern in Zivil, die sich den Leuten in den Weg stellten, damit sie nicht ihre Häuser genau dort wieder aufbauten, wo sie mal gestanden hatten.

So jedenfalls erzählten es uns die beiden schlaksigen Typen. Der im Trikot von Peñarol hieß Róger. Der andere hieß Ramón.

»Und ihr, seid ihr auch von der Siedlung?« fragte Ezequiel.

»Wir beide? Nein«, sagte Róger, »wir sind nur zwei gute Menschen«, antwortete er, und beide lachten, als hätten sie einen guten Witz gemacht.

»Und was macht ihr hier?«

»Wir sammeln Steine.«

Um sie herum lagen, fein säuberlich aufgehäuft, jede
Menge Schuttbrocken. Róger nahm sich einen, wog ihn in
der Hand und sagte:

»Wenn sie dir das Land wegnehmen, helfen manchmal
Steine, um es wiederzubekommen.«

»Wenn wir für genügend Aufruhr sorgen, sind die Gardelitos abgelenkt, und die ›Neuen‹ können wieder auf ihren Grund und Boden zurück.«

»Und die Polizei?« fragte Pablo.

»Die wird heute nicht mehr kommen. Und morgen ist
Weihnachten, also glaub ich nicht, daß sie in den nächsten
Tagen Lust haben, noch mal mit den Planierraupen anzu-
rücken«, sagte Ramón.

»Aber da sind immer noch die Gardelitos«, fügte Róger hinzu.

Ramón und Róger sammelten weiter Steine zusammen.
Wir sahen ihnen dabei zu.

»Wir können einen größeren Bogen um die Stelle machen«, sagte Pinocchio wenig überzeugt. Wir vier fühlten
uns ein bißchen komisch. Das Gefühl, unsere Reise nicht
einfach so fortsetzen zu können. Wir hatten ein Ziel: den
Ball von Maradona zurückzuholen. Aber seit wir Fiorito
betreten hatten, hieß das viel mehr, als nur einfach den
Ball von Maradona zurückzuholen. Und außerdem waren
da noch die Gardelitos.

»Jungs«, sagte Pablo mit neuem Selbstbewußtsein, »es

gibt zwei Gründe, warum wir hier ein bißchen Rabatz machen sollten. Grund eins: um die Gardelitos abzulenken, damit wir unser Ding besser durchziehen können. Grund zwei habe ich mal in einem Buch gelesen: Wenn etwas ungerecht oder unbegreiflich ist, muß man dagegen rebellieren.«

Wir ließen uns leicht überzeugen, wobei uns ziemlich schnell klar wurde, daß es nicht einfach werden würde. Ramón und Róger hatten nicht vor, die Steine von hier oben aus zu werfen, denn dann würden wir nicht mal mit einem Katapult weit genug kommen. Wir mußten uns runterschleichen, einen guten Vorrat an Schuttbrocken mitnehmen, uns unter die Neuen mischen und die Steine an alle verteilen, die sich trauten, den Gardelitos einen Schrecken einzujagen. Das größte Risiko gingen Pinocchio und ich ein, weil Polonio und Balizas uns auf dem Kieker hatten. Wir mußten vorsichtig sein, sie durften uns auf keinen Fall entdecken.

Wir gingen auf einer Seite des – sagen wir – »Trümmerbergs« hinunter. Bergab war es steiler als bergauf. Als ich meinen Fuß auf ein Metallteil setzte, rutschte ich aus. Eine Sekunde später war ich drei Meter weiter unten. Equi half mir auf. Ich hatte eine Schramme am Arm und eine kleine Schnittwunde am rechten Bein. Ich blutete zwar ein bißchen, aber kein Grund zum Ohnmächtigwerden.

Wir hatten abgemacht, daß Pinocchio und ich zuhinterst gehen würden, um nicht gesehen zu werden. Ezequiel ging mit Róger nach rechts und Pablo mit Ramón nach links, die vier ein gutes Stück voraus. Die Leute waren alles andere als ruhig. Man merkte, daß sie bei der erstbesten Gelegenheit explodieren würden. Sie waren in Erwartungshaltung, lauerten auf einen Anlaß, um reagieren und ihre Grundstücke wiedererobern zu können. Und diese Reaktion hatten wir in den Hosentaschen und Händen.

Es gab allerdings ein Detail, das wir nicht bedacht hatten, und zwar, daß da auch viele Frauen und Kinder waren, also verteilten wir nicht nur Steine, sondern forderten auch Frauen und Kinder unauffällig auf, sich nach hinten zurückzuziehen, während die Männer sich im vorderen Teil versammeln sollten. War schon beeindruckend, wie Pinocchio auf die Leute zuging und mit ihnen sprach wie ein Schutzengel.

»Gute Frau, es ist besser, wenn du mit den Kleinen nach da hinten gehst.«

Ich hielt mich hinter ihm und verteilte Steine, als wären es Bonbons. Niemand fragte irgendwas. Sie nahmen die Steine und wogen sie in den Händen, schätzten, wieviel Kraft sie aufbringen mußten, um ins Schwarze zu treffen.

Wir hatten noch nicht genügend Leuten Bescheid gesagt, als auf der Seite von Róger und Ezequiel jemand einen Brocken auf eines der Autos von den Gardelitos warf. Ich glaube, Róger selbst hat ihn geworfen, so wie er dastand (er lag eher, als daß er stand, und hatte keine Steine in der Hand). Die »Schlacht der Steine« hatte begonnen.

Ein Murmeln ging durch die Menge und schwoll zu Geschrei an. Dem ersten Brocken folgte eine ganze Batterie von Steinen, die alle auf die Autos und die Gardelitos prasselten. Instinktiv kämpften Pinocchio und ich uns nach vorne. Ich warf meine Steine, ohne allzu großen Erfolg zu erzielen. Einer hüpfte sogar mehrmals auf dem Boden auf. Ich hatte für so was einfach nicht genug Kraft in den Armen. Pinocchio dagegen bestätigte die Treffsicherheit, die er schon bei dem Hund bewiesen hatte, indem er Baliza genau auf den kahlrasierten Schädel traf. Der faßte sich an den Kopf wie ein Besessener.

Nicht alle Gardelitos reagierten gleich: Einige rannten weg, andere rückten mit Stöcken und Revolvern in der Hand auf die Leute vor, die zurückzuweichen begannen. An den Seiten passierte das genaue Gegenteil: Viele Leute überschritten die von den Gardelitos gezogene Linie und besetzen das Gelände.

Bei all dem Hin und Her war es schwierig, eine bestimmte Richtung beizubehalten. Wenn man nicht überrannt werden wollte, mußte man selber rennen. Róger und Ezequiel konnte ich sehen, die waren schon auf dem Gelände der Siedlung. Ezequiel hüpfte jubelnd auf und ab, als würde er American Football spielen und hätte gerade einen *Touchdown* gelandet. Wir befanden uns mitten unter den Leuten, die zurückwichen, auf die also die Gardelitos zukamen. Pablo und Ramón waren wahrscheinlich schon in der Siedlung, aber ich sah sie nicht. Es war Pinocchio, der sie schließlich aufspürte. Sie waren etwa zwanzig Meter von uns entfernt, Pablo lag auf dem Boden, und Ramón versuchte ihm aufzuhelfen.

Wir schwammen gegen den Strom und kamen in dem Augenblick an, in dem Pablo sich auf einem Bein aufrichtete. In der Hand hielt er einen Stein, den er nicht mehr hatte werfen können, den er aber auch nicht loslassen wollte.

»Ich hab mich am Bein verletzt«, sagte er. Ramón und Pinocchio packten ihn unter den Schultern und trugen ihn fast durch die Luft. Ich versuchte Pablo von hinten zu stützen, wußte aber nicht, ob das was nützte. Pinocchio schrie mir zu, daß ich vorausgehen sollte. Auf die Art könnte ich ihnen den Weg freimachen. Mit viel Kraftaufwand durchbrachen wir die Linie der Gardelitos und erreichten die Seite, wo die Siedlung war. Jetzt hatte auch ich Lust, zu hüpfen und zu jubeln.

»*Touchdown*!« schrie ich, aber niemand beachtete mich, außer Pablo. Für irgendwas mußte es ja gut sein, daß wir beide abends immer den Sportkanal ESPN guckten.

»Ein echtes *Dream Team*«, sagte er.

Genau in diesem Augenblick kreuzte sich mein Blick mit dem von Cabo Polonio. Nur eine Sekunde lang. Sein Gesicht zeigte keine Reaktion, aber das war auch gar nicht nötig, ich wußte auch so, daß er mich gesehen hatte. Er sagte nur was zu einem von seinen Kumpanen, und schon kamen sie auf uns zu, gingen also in genau die entgegengesetzte Richtung wie die meisten Gardelitos.

Ich warnte Pinocchio, aber weil Pablo nur auf einem Bein auftreten konnte, ging es nicht schneller, und außerdem liefen alle kreuz und quer durcheinander. Wir schafften es bis zu Róger und Ezequiel. Die Neuen, die meisten wenigstens, waren wieder auf ihrem Grundstück und schon dabei, ihre Häuser aus dem Nichts neu aufzubauen. Sie benutzten die rumliegenden Wellblech- und Pappeteile. Die Leute aus der Nachbarschaft brachten ihnen Holz, Stoff und sogar Ziegelsteine. Keiner scherte sich mehr um die Gardelitos, keiner von der Siedlung wäre auf die Idee gekommen, den Cabo Polonio und seinen Kumpanen aufzuhalten, die um die Siedlung rumgingen, genau auf die Stelle zu, wo wir standen.

»Wir müssen hier weg«, sagte Pinocchio.

»Auf geht's.« Ramón und Róger hoben Pablo gemeinsam hoch, als wäre er eine Feder. Wir rannten von der Siedlung weg, ohne daß wir das Gefühl loswurden, daß Polonio und seine Leute direkt hinter uns waren.

Wir kamen an ein Haus, das größer war als alle, die wir bis dahin in Fiorito gesehen hatten. Luxuriös war es aber trotzdem nicht, ganz im Gegenteil. Es war ein schlichtes, aber solides Gebäude aus Zement, dessen weißer Anstrich im mittäglichen Sonnenlicht glänzte. Und es hatte eine merkwürdig längliche Form. Ramón und Róger sagten, wir sollten reingehen. Drinnen war ein riesiger Raum mit einem langen Tisch und vielen Stühlen. Er war schön kühl, und das Licht war gedämpft, was den Raum noch angenehmer machte.

»Hier wird uns keiner belästigen«, sagte Ramón.

»Und was ist das?« fragte Ezequiel.

»Ein Haus«, sagte Ramón.

»Ein Heim, eine Werkstatt, auch ein Krankenhaus«, fügte Róger hinzu. »Wobei es hauptsächlich ein Haus zum Beten ist.«

»Eine Kirche?« fragte Pinocchio, der erschrockener wirkte, als wenn man ihm gesagt hätte, es wäre ein Polizeirevier.

»Ein Haus Gottes«, sagte ein älterer Mann, der nähergekommen war, ohne daß wir ihn bemerkt hatten, er lächelte uns an, aber sein Blick ging ins Leere. Er war blind.

»Guter Christ«, sagten Ramón und Róger im Duo, »gib uns deinen und Gottes Segen.«

Der ältere Mann sagte etwas, das ich nicht verstand, und richtete sich dann an uns:

»Zeit fürs Mittagessen. Ich hoffe, ihr wollt unser bescheidenes Mahl mit uns teilen.«

Ich sah auf die Uhr: Es war Viertel vor eins.

Ein Freund in Not

Still betraten weitere Leute den Raum. Ramón setzte Pablo auf einen Stuhl und legte sein verletztes Bein auf einem anderen hoch.

»Was ist denn mit dir passiert?« fragte ihn eine etwa fünfzigjährige Frau.

»Ich glaub, ich hab mir den Fuß umgeknickt.«

»Die Gardelitos haben die Leute von der Siedlung angegriffen«, sagte Róger, »und die vier hier haben uns geholfen, sie zu verteidigen«, lautete seine etwas eigenwillige Version der Ereignisse.

Alle schienen zustimmend zu nicken. Die Frau ging zu Pablo hin und berührte seinen Fuß. Pablo zuckte hoch. Daraufhin tastete ihm die Frau den ganzen Knöchel ab.

»Tut das weh?«

»Ein bißchen weniger als eben.«

»Der Knöchel ist verstaucht«, sagte sie an alle gerichtet. »Was dieser Fuß jetzt braucht, ist Ruhe.«

Ezequiel und ich sahen uns an. Hieß das, daß Pablo nicht weiter mit uns kommen konnte? Und wo sollte er dann hin? Auch Pablo machte ein entsetztes Gesicht, aber die Frau hatte recht: Mit einem Knöchel in diesem Zustand war er zu sehr gehandicapt.

»Er kann hierbleiben, und wenn ihr auf dem Rückweg hier vorbeikommt, helfen wir euch, ihn bis vor zur Straße zu bringen«, sagte Róger.

Die Leute sahen nicht aus wie böse Menschen, wir hatten keinen Grund, ihnen zu mißtrauen. Zwei oder drei der Männer deckten den Tisch und baten uns, Platz zu nehmen. Insgesamt saßen wir etwa zu zwölft um den Tisch. Ehrlich gesagt hatte ich einen Bärenhunger. Es gab Nudeln mit Tomatensoße und gemischten Salat. Zum ersten Mal überhaupt aß ich Salat zu was anderem als zu Fleisch. Ich sprach es laut aus, worauf ein langer Schlaks, der mir gegenüber saß, sagte:

»Wir essen keine Fleischprodukte.«

»Seid ihr Evangelisten?« fragte Pablo.

»Wir befolgen das Evangelium, wenn du das meinst«, sagte die Frau, die sich als Krankenschwester betätigt hatte.

»Aber welcher evangelischen Kirche gehört ihr an?« fragte Pablo nach, der es offenbar ganz genau wissen wollte, während Ezequiel, Pinocchio und ich eher damit beschäftigt waren, den Teller zu leeren und uns einen Nachschlag zu sichern.

»Das interessiert doch am allerwenigsten«, sagte der schlaksige Typ. »Ich bin Waldenser, Róger war früher auch Waldenser und sagt jetzt, daß er ein ›guter Mensch‹ ist, der ältere Herr ist Albigenser wie Ramón, Nancy ist Bogomile, die beiden sind Katharer. Die Bezeichnungen sind nichts weiter als Etiketten. Wir können nicht ein für allemal festlegen, was wir denken, weil alles bestimmten Situationen und Umständen unterworfen ist; wir wollen nur demütig der Würde Christi folgen.«

»Sind die Waldenser nicht aus Uruguay?« fragte ich, weil ich mal in Colonia Valdense war.

»Nur wir drei sind von da, aber im Viertel nennen uns alle die Uruguayer.«

Danach fragten sie uns, was wir in Fiorito wollten, und ich sagte ihnen, wir müßten einem Freund in Not helfen. Sie hätten ihm was weggenommen, das ihm gehörte, und wir müßten es wiederbeschaffen. Ich weiß nicht, warum, aber von den Gardelitos habe ich nichts gesagt. Ich glaube, im Grunde hatte ich Angst, daß sie uns nicht gehen lassen würden, daß sie uns alle einzeln nach Hause bringen würden. Als hätte der ältere Mann meine Gedanken gelesen, sagte er:

»Eines Tages werden die Menschen der Schikanen dieser Schurken müde sein. Nicht mehr lange, und sie werden rebellieren.«

»Wir verteidigen die Leute von der Siedlung gegen die Gardelitos«, sagte der schlaksige Typ. »Auf die haben sie sich nämlich eingeschossen, wobei sie auch die anderen Bewohner ausrauben, und wenn einer sie anzeigt, ergeht's ihm schlecht. Die Leute haben panische Angst.«

»So hypnotisiert die Schlange ihre Beute: indem sie Panik verbreitet«, sagte der ältere Mann, und ich erinnerte mich daran, daß mein Onkel mal was Ähnliches gesagt hatte. »Aber wer diese Panik überwindet, kann auch die Schlange besiegen.«

Zu trinken gab es Säfte, frisches Wasser und Wein. Alkohol wollten wir nach unserer Erfahrung vom Vormittag lieber nicht. Als Nachtisch wurde Obst serviert, und ich erzählte, daß Pinocchio und ich im Gemüseladen in der Ejército de los Andes arbeiteten. Man sollte nie eine Gelegenheit auslassen, um neue Kunden zu gewinnen.

Nach diesem Mittagessen wäre eine Siesta ideal gewesen, zumal draußen die Sonne senkrecht runterbrannte und wir noch einen ziemlich weiten Weg vor uns hatten. Aber wir mußten weiter. Wir füllten unsere Saftflaschen wieder mit Wasser auf. Der Schlaks wollte die Chance nicht ungenutzt lassen und erzählte uns von seiner Kirche:

»Der Name ›Waldenser‹«, sagte er, »bedeutet freie Verkündigung des Evangeliums, die Freiheit zu predigen; Solidarität mit den ewigen Verlierern, mit den Letzten, den Ausgegrenzten; strenge Lebensführung in allen Bereichen und der Wille, die Gaben, die wir besitzen, mit allen Menschen zu teilen.«

Hörte sich nicht schlecht an, dieser Plan, aber es war nicht der Moment, um über einen Religionswechsel nachzudenken. Sie begleiteten uns zur Tür. Pablo blieb auf seinem Stuhl sitzen und sah uns an, als würden wir ihn im Stich lassen. Wir machten aus, daß wir auf dem Rückweg vorbeikommen würden. Der ältere Mann, der blind war, trat an uns heran und sagte:

»Ich weiß nicht genau, was ihr vorhabt, aber denkt daran, daß wir weder groß noch mächtig sind, und weil wir so klein und nichtig sind, tun wir stets gut daran, unser Leben dafür zu geben, daß andere leben können. Und wir müssen in unserer Gesellschaft das Evangelium verbreiten.«

Danach legte er jedem von uns die Hände aufs Gesicht. Als ich an der Reihe war, spürte ich erst die Wärme seiner Finger, und dann ging so ein sanfter, kühler Hauch durch meinen ganzen Körper. Pinocchio ging voraus, wir folgten ihm und ließen das »Heim der frommen Uruguayer« hinter uns.

Die Sonne brannte noch immer höllisch heiß, nur war die Luft jetzt schwüler, feuchter. In der Ferne waren schwarze Wolken zu erkennen. Wir schleppten uns so dahin, und vor lauter Schweiß klebte uns die Kleidung am Leib. Mein Gesicht war pitschnaß geschwitzt.

»Wir werden einen verregneten Heiligabend haben«, sagte Ezequiel, und die Vorstellung, daß ein Regenguß auf uns runtergehen würde, kam mir auf diesem Höllentrip wie ein Segen vor.

Wir blieben kurz stehen, um Wasser zu trinken und uns mit dem T-Shirt den Schweiß von der Stirn zu wischen. Pinocchio zeigte auf ein Ziegelsteinhaus in etwa zwanzig Meter Entfernung, dessen Wände nicht getüncht waren.

»Da wohnt deine Freundin«, sagte er zu mir.

Das war also das Haus von Patricia, dahin kehrte sie jeden Tag nach der Schule zurück, von dort kam sie, wenn sie sich mit mir traf. Und das waren die Häuser ihrer Nachbarn, und diese vertrockneten Bäume waren die Gegend, wo sie tagtäglich durchmußte. Ich sah gerade das, was ich mir zigmal vorgestellt hatte, und dieses Phantasiegebilde, das ich mir da in meinem Kopf zurechtkonstruiert hatte, war in Wirklichkeit ein bescheidenes Häuschen unter anderen Häuschen, die alle ähnlich aussahen, von echter Gefahr keine Spur.

Ich dachte schon, wir würden hingehen, da schlug Pinocchio die entgegengesetzte Richtung ein.

»Che, kann ich nicht mal schauen, ob Patricia schon zurück ist?«

»Und wenn wir schon mal dabei sind, gucken wir gleich nach, ob der Perro und seine Freunde auch da sind«, sagte Pinocchio leicht genervt. »Perro wohnt zwei Häuser weiter, und der ist der letzte, dem ich hier begegnen will.«

Wir kamen an einigen Häuschen vorbei, die unbewohnt schienen, und sprangen über einige Äste. Weiter vorn floß eine Art Bach von vielleicht zwei Meter Breite. Schwer zu erklären, wieso er bei der Sonne nicht längst ausgetrocknet war.

»Müssen wir jetzt durchs Wasser?« fragte Ezequiel.

»Da drin«, sagte Pinocchio, während er reinging, »werdet ihr bestimmt nicht ertrinken.«

»Sollen wir nicht besser die Schuhe ausziehen?« fragte ich.

»Nein, da drin gibt's womöglich Glasscherben. Oder Ratten.«

Die Aussicht, mir die Turnschuhe naß zu machen, gefiel

mir ganz und gar nicht, aber noch viel weniger die, auf eine Glasscherbe zu treten oder von irgendeinem Viech gebissen zu werden. Wir stapften in das schlammige Wasser rein, eine Art Treibsand, der zum Glück nicht mehr als zwanzig Zentimeter tief war, wobei man aber trotzdem das ziemlich unangenehme Gefühl hatte, gleich zu versinken. Kein Zweifel, wenn dieser Graben mit den Jahren noch tiefer wurde, würde er am Ende zu einer tödlichen Falle werden für alle, die da reinwateten. Als ich auf der anderen Seite war, guckte ich mir meine Füße an: Sie waren eine braune, triefende Masse.

»Wartet, ich will mir nur die Füße abtrocknen«, sagte ich und setzte mich auf einen Stein neben dem Wasser. Mich störte der Schlamm, den ich zwischen den Zehen spürte. Ich zog einen durchweichten Turnschuh aus, und um nicht umzukippen, stützte ich mich mit einer Hand ab.

Ich weiß nicht, was zuerst war, dieses Quieken, das ich hinter meinem Rücken hörte, oder der Biß in die Hand, mit der ich mich abstützte, oder Pinocchios »Achtung!«-Schrei.

Mit einem Bein stand ich auf, während gleichzeitig etwas in den Fuß ohne Turnschuh biß: Es waren Ratten. Ratten überall, wo immer ich hinschaute, ich spürte sie auf dem Rücken, auf meinem Kopf, wie sie mir in den Hintern bissen, in die Knie. Ich schüttelte mich wie bei einem Stromschlag, wenn es doch nur eine Zweihundert-Volt-Entladung gewesen wäre! Pinocchio holte sein Messer aus dem Rucksack und stürzte sich auf die Ratten wie ein Power Ranger auf Orgs. Das Quieken der Ratten war unerträglich, nur meine eigenen Schreie waren noch lauter. Sie kreischten mit einer so hohen Frequenz, daß einem beinahe das Trommelfell platzte. Ich packte eine Ratte, die meine Bermudashorts raufkrabbeln wollte in Richtung wer weiß wohin. Ihre Beinchen waren ganz kalt.

Noch nie hatte ich eine Ratte angefaßt. Und jetzt hatte ich gleich mehrere in den Händen. Ich packte sie und schleuderte sie auf die andere Seite des Treibsandflusses, als wäre ich der beste *Pitcher* der New York Yankees. Schwer plumpsten sie auf den Boden, einige krabbelten benommen auf die Beinchen und flüchteten. Andere blieben regungslos liegen, wahrscheinlich tot.

Während ich sie auf die andere Seite warf, stach Pinocchio auf sie ein, bis ein gallertartiges, leicht bräunliches Blut rausspritzte. Überall um mich rum lagen Rattenstücke. Wenn nicht die Eingeweide raushingen, dann deshalb, weil gleich der ganze Kopf fehlte. Je mehr das Kreischen abschwoll, desto stärker wurde der Geruch. Ich weiß nicht, ob es die lebenden oder die toten Ratten waren, aber irgendwas an dem Ort stank.

Der »Angriff der Ratten« hatte vielleicht zwei Minuten gedauert. Ich hatte etwa zehn Stück durch die Luft geschleudert, um die zwanzig zertrampelt und rund dreißig mit meinen Schreien erschreckt. Pinocchio zählte achtzehn von seinem Messer aufgeschlitzte Ratten.

Als alles vorbei war, nahm ich das Bein an der Stelle unter die Lupe, wo ich die Bisse gespürt hatte. Es war nicht mal ein Abdruck zu sehen, nur ein paar Spritzer Rattenblut, nichts also, was ich nicht mit dem abwaschen konnte, was mir jetzt wie herrliches Schlammwasser vorkam.

»Und Ezequiel?« fragte Pinocchio.

Wir drehten uns um, und da lag er, ohnmächtig oder tot. Wir rannten zu ihm hin. Pinocchio holte das Wasser raus, das er im Rucksack trug, und spritzte es ihm ins Gesicht. Ganz allmählich kam der große Equi wieder zu sich.

»Ratten senken meinen Blutdruck« war das erste, was

er sagte. Wir ließen ihn dort sitzen, schön weit weg vom Treibsandfluß, während wir uns mit dem Schlammwasser notdürftig wuschen und die beiden Zeiger der Uhr sich auf der Drei übereinanderschoben.

Die Bande von Gato Benito

Pinocchio steckte sein Messer zurück in den Rucksack. Ezequiel hatte wieder Farbe im Gesicht, und ich war feucht vom Schlamm, aber frei von Ratten.

Wir setzten uns in den Schatten eines mickrigen Baums, auf den wir ein paar Meter vom Treibsandfluß entfernt gestoßen waren, vergewisserten uns aber vorher, daß da keine Ratten, Taubennester oder Ameisenhügel waren. Wir tranken einen Schluck Wasser, um uns von der Aufregung eben zu erholen. In meinem Kopf hörte ich immer noch das Quieken und das Geräusch des Kürbismessers beim Aufspießen: fsss, fsss! Es würde mir schwerfallen, dieses Messer noch mal zu benutzen. Pinocchio blickte in alle Richtungen, als würde er was suchen:

»Ich muß aufs Klo ... hm«, sagte er und dachte kurz nach, als würde er eine Erhebung der in Frage kommenden Toiletten von Fiorito durchführen, »jetzt weiß ich. Wartet hier auf mich, bin gleich zurück.«

Ohne eine Antwort abzuwarten, nahm er seinen Rucksack und verschwand in einer kleinen Seitenstraße. Also waren Ezequiel und ich allein und paßten auf, daß kein Viech uns die Beine oder den Rücken raufkrabbelte.

Wahrscheinlich waren wir noch benommen oder müde nach diesem Tag oder brauchten einfach ein Nickerchen, jedenfalls schliefen wir sofort ein. Ich wachte auf, weil jemand mir gegen den Fuß tippte. Es waren keine höflichen Ratten. Es waren ein paar Jungs. Ganz schön viele Jungs.

Mir ist eine Gruppe von mehr als vier Leuten schon immer wie eine Menschenmenge vorgekommen. Genauso habe ich es auch in diesem Moment empfunden. Daß es viele waren; obwohl uns hinterher, als wir die Geschichte

rekonstruiert haben, klar wurde, daß es insgesamt nur
sechs waren: fünf Jungs und ein Mädchen. Sie mußten so
in unserem Alter sein, vielleicht ein bißchen älter, wobei
Pinocchio später das Gegenteil behauptete.

»Che, Dornröserich, wachst du von allein auf, oder soll
ich dir einen Kuß geben?«

Wer da drohte, war ein dunkelhäutiger Schrank mit einer unglaublich dämlichen Stimme. Die anderen lachten,
und Ezequiel und ich wachten nicht nur auf, sondern wir
waren auch in Sekundenschnelle auf den Beinen. Der Biß
einer Ratte wollte mir zärtlicher erscheinen als ein Kuß
dieses dunkelhäutigen Typen.

»Was macht ihr hier?« fragte ein anderer, ein schmächtiger Typ mit einer Zigarette im Mund.

»Nichts, wir warten auf einen Freund«, sagte ich.

Wir waren umzingelt, als wollten sie uns jeden Moment am Baum festbinden, um ein Lagerfeuer aus uns zu
machen. Sie grinsten uns überheblich an, und der Raucher tippte mir an den Fuß und sagte:

»Die Turnschuhe.«

O, o, den Film habe ich schon mal gesehen, dachte ich.
Ich erinnerte mich, wie der Perro sich meine Nikes ge-
krallt hatte. Zum Glück hatte ich diesmal billige Turnschuhe an, aber wie sollte ich das letzte Stück Weg barfuß
schaffen? Ich dachte mir was aus, womit ich sie meiner
Meinung nach erschrecken würde, weil ich nämlich selber
bei dieser Vorstellung erschrak.

»Hört zu, Jungs«, sagte ich, trat einen Schritt zurück
und drückte mich an den Baum, »ich bin ein Freund von
Perro. Wir sind unterwegs zu Perro, geht mir also lieber
nicht auf den Sack.«

Sie sahen sich gegenseitig an. Na ja, keine schlechte
Wirkung für den Anfang. Ein kleiner stämmiger Typ, der

sich bisher eher abseits gehalten hatte, pflanzte sich vor mir auf.

»So, so, du bist also ein Freund vom Perro. Guck mal einer an. Weißt du, wer ich bin?«

Nein, wußte ich nicht.

»Ich bin Gato, Gato Benito. Und dem Perro kannst du ausrichten, daß Gato Benito ihn grüßen läßt.«

Richtig. Auf Boomerang hatte ich mal eine Zeichentrickserie gesehen, »Don Gato und seine Bande«, und da gab's tatsächlich so einen stämmigen dicken Kater namens Benito. Und dieser Typ sah wirklich so aus, sogar die flache Nase und die runden, katzenhaften Augen stimmten.

»Los jetzt, Che, zieh die Turnschuhe aus. Und du auch, Blonder.«

Beide gehorchten wir. Ich sagte noch was von wegen daß die Turnschuhe naß wären, aber sie hörten mir gar nicht zu.

»Und jetzt die Klamotten«, drängte uns Gato Benito.

Ich weigerte mich, nicht die Klamotten, sagte ich. Daraufhin zückte der Gato ziemlich überzeugend ein Messer, und ein anderer hielt plötzlich eine Flasche hoch, mit der er Ezequiel den Kopf einzuschlagen drohte. Keine Chance, sich zu wehren. Wir zogen T-Shirt und Hose aus.

»Die Unterhose auch«, sagte Gato.

Nicht mal besoffen, was fiel denen ein! Wieso wollten die unsere Unterhosen? Drehten die jetzt völlig durch oder was? Das Mädchen und zwei der Jungs lachten schallend, während die anderen uns mit dem Blick von frei rumlaufenden Mördern anstarrten. Mit weit aufgerissenen Augen standen sie da und warteten nur darauf, daß wir uns weigerten, damit sie uns genüßlich den Schädel einschlagen oder vierteilen konnten.

»Nun mach schon, Alter, ich werd langsam sauer«, drängelte Gato.

Ich zog mir die Unterhose aus und bedeckte mich schnell mit den Händen. Es war mir peinlich, nackt vor all diesen Typen rumzustehen, auch vor Ezequiel, dem es wahrscheinlich genauso ging wie mir, und vor allem vor dem Mädchen da, das wie eine Irre lachte und uns ohne jede Scheu anguckte.

»Che, ein hübscher Kerl, der Blonde«, sagte die vergnügte Irre erstaunt. »Hast du 'ne Freundin?« fragte sie, ich glaube, sie hatte sich direkt vor ihn hingestellt. Ich sah alles weiß, also konnte ich nicht mit Bestimmtheit sagen, wo wer stand.

»Der hat keine Freundin, der hat einen Freund«, erläuterte der Raucher. »Das hier ist sein Freund«, sagte er, und alle lachten. Bestimmt zeigte er auf mich.

»Ich heiße Jennifer«, sagte das Mädchen, zu Ezequiel sagte sie es. »Wie alt bist du? Siebzehn, achtzehn?«

Ich wußte nicht, ob ich lachen oder weinen sollte, weil sie mich gar nicht beachtete. So schrecklich war ich auch wieder nicht.

»Du bist ja ganz verschwitzt«, sagte sie, »soll ich dich abtrocknen?« Und dann lachte sie wieder schallend, ganz allein diesmal.

»Laß uns gehen, Jenny«, sagte Gato Benito. »Ciao, ihr Hübschen«, sagte er zum Abschied, und dann zogen sie ab, in aller Seelenruhe und mit unseren Klamotten. Und wir standen da, beide nackt, mitten in Fiorito, und bedeckten uns, so gut wir konnten. War schwer, irgendwas zu entscheiden in diesem Zustand.

Bevor ein Jahrhundert um war – also eine Minute in der realen Zeit –, tauchte zum Glück Pinocchio auf, der uns verständnislos ansah. Wir erzählten ihm so gut es ging von unserer Begegnung mit Gato Benitos Bande, und ich dachte schon, er würde uns auslachen, aber er reagierte noch schlimmer. Er wurde stocksauer.

»Seid ihr vollkommen übergeschnappt? Gato und seine Freunde sind die reinsten Angsthasen, die rauben nicht mal eine Rentnerin aus.«

»Jetzt hör mal, ich hab zu ihnen gesagt, ich wäre ein Freund vom Perro, und die haben sich nur über ihn lustig gemacht, als hätten sie gar keine Angst vor ihm«, versuchte ich unsere Passivität zu rechtfertigen.

»Wenn der Gato dem Perro über den Weg läuft, macht der Hackfleisch aus ihm«, sagte er mit astrein zoologischer Logik. »Die suchen wir jetzt, und dann reiße ich ihnen den Arsch auf.«

»Und wie gehen wir? So?« sagte ich mit Panik in der Stimme. Die Vorstellung, nackt in Fiorito rumzulaufen, war nicht gerade verlockend. Weder dort noch sonstwo, außer daheim in der Dusche. Pinocchio zog sein T-Shirt aus und gab es Ezequiel, damit er es sich wie ein Handtuch umbinden konnte, aber dadurch war nur der vordere Teil bedeckt, also gab er ihm auch noch den Rucksack, den sollte er sich um die Hüfte schnallen, damit auch der Hintern bedeckt war. Dann zog er seine Hose aus und gab sie mir.

»Wenn ihr mir die Klamotten dreckig macht, gibt's Ärger«, sagte er, und dann gingen wir in die Richtung, in die Gatos Bande verschwunden war. Wir waren ein jämmerliches Team: Pinocchio in Slip und Turnschuhen, Ezequiel mit einem exotischen Lendenschurz, und ich in einer Hose, die mir zu weit und zu kurz war, beide barfuß, so daß wir jedes Mal kleine Hüpfer machten, wenn wir auf einen Stein traten.

Zum Glück waren Gato und seine Bande gleich um die

Ecke. Sie hatten sich vor einem Haus in den Schatten gesetzt und tranken eine Flasche Bier. Unsere Klamotten lagen neben ihnen auf dem Boden.

»Gato, heute hast du dein Idiotendiplom gemacht«, sagte Pinocchio, während er das Kürbismesser rausholte und es Gato Benito an den Hals legte.

»Hör auf, Pinocchio, die haben gesagt, sie wären Freunde vom Perro.«

»Und ihr«, sagte Pinocchio im gleichen verärgerten Tonfall zu uns, »zieht euch jetzt die Klamotten an.«

Wir gingen zu der Stelle, wo die Kleider auf dem Boden lagen, und keiner zeigte irgendeine Reaktion. Auch ihr Lächeln war ihnen vergangen. Nur Jennifer schaute so, als würde sie sich köstlich amüsieren.

Pinocchio zog seine Hose wieder an und band sich das T-Shirt um die Hüfte. Er steckte das Messer weg, als würde er es nicht mehr brauchen, nicht mal, um sie in Schach zu halten.

»Das nächste Mal kommst du nicht ungeschoren davon«, sagte er zum Gato. Er packte eine Bierflasche und schmetterte sie gegen die Wand. Sie zersplitterte, und Biergeruch machte sich breit.

Alle saßen stumm da, wie brave Schüler. Ich wollte was Passendes sagen, aber meine Beschämung wirkte immer noch nach. Wir kehrten ihnen den Rücken zu und gingen los. Ich hörte, wie Jennifer uns etwas zurief, wie sie Ezequiel etwas zurief.

»Blonder, du hast mir nicht gesagt, wie du heißt.«

»Ezequiel!« sagte er und drehte sich um, was ihm einen Stoß von Pinocchio einbrachte, der sagte:

»Geh weiter, du Idiot.«

Die nächsten zehn Minuten marschierten wir schweigend vor uns hin. Der erste und einzige, der in den folgenden fünf Minuten etwas sagte, war Ezequiel. Als würde er uns informieren, als würde er es zu sich selber sagen, sagte er:

»Ich glaube, ich bin verliebt.«

Wir gingen einen anderthalb Meter breiten Durchgang entlang. Zeitweise kam einem Fiorito wie eine verlassene Welt vor. Hätte nicht ab und zu ein Junge draußen gespielt, hätten wir niemanden gesehen. Wir waren die einzigen Wesen, die um diese Uhrzeit in der Sonne rumliefen. Nicht mal die Hunde bewegten sich aus dem Schatten, in dem sie lagen.

»Ist es noch weit?« fragte Ezequiel.

»Wesentlich weniger weit als vorhin«, sagte Pinocchio.

»Wir müssen auch überlegen, wie wir das machen, wenn wir zum Stützpunkt der Gardelitos kommen«, sagte ich.

»An denen, die bei der Siedlung waren, sind wir schon mal vorbei. Ich glaube nicht, daß die in nächster Zeit zurückkommen. Und nach der Mautstelle haben wir garantiert noch ein paar von den Gardelitos hinter uns gebracht, denn durch die müssen wir jetzt durch«

»Und wie kommen wir da durch?«

»Im Karren.«

Der Gang endete an einem Berg aus verbogenen Eisenteilen. Wenn man diesen Haufen Schrott genauer anschaute, konnte man Reste von Fahrgestellen erkennen. Ein echter »Autofriedhof«.

»Hier haben sie in den 70er Jahren Autos entsorgt«, sagte Pinocchio, während wir die Eisenteile hochkletterten.

»In Tausenden von Jahren wird daraus Erdöl, wie aus den Dinosauriern«, sagte ich.

»Hol dir bloß keine Schramme, sonst müssen sie dir literweise Mittel gegen Tetanus reinjagen«, sagte Ezequiel passenderweise.

Vorsichtig kletterten wir auf der anderen Seite runter, und im Inneren eines Autoskeletts, das vielleicht mal ein Valiant oder ein Rambler gewesen ist – einer dieser Riesenschlitten, die es heutzutage gar nicht mehr gibt –, sahen wir vier Typen mit indianischen Gesichtern. Fast hätte man meinen könnten, sie stünden an der Ampel und warteten, bis es grün wurde, nur daß das Fahrgestell keine Räder hatte und da auch keine Ampel war.

Es war schon witzig, wie sie da saßen, mitten in diesem Schrotthaufen, nämlich todernst, wodurch sie nur noch grotesker wirkten. Auch sie sahen uns an. Wir mußten direkt an ihnen vorbei. Pinocchio machte langsam, weil er ihre Reaktion abwarten wollte, die tatsächlich nicht lange auf sich warten ließ. Einer von denen, die hinten saßen, sagte was zu den anderen. Sie waren aufgeregt oder wirkten wenigstens so, jedenfalls guckten sie plötzlich ganz anders. Alle vier stiegen aus dem Auto. Wir blieben in gebührendem Abstand stehen, um gegebenenfalls wegrennen oder uns auf einen Angriff mit wer weiß was vorbereiten zu können.

Der Typ, der eben seine Kumpels angesprochen hatte, wandte sich jetzt an uns. Sein Tonfall war irgendwie merkwürdig:

»Hey, du«, sagte er und zeigte auf einen von uns, auf mich jedenfalls nicht, »du, Blonder.«

Er meinte Ezequiel, der es mit einem matten »ich?« bestätigte. Glück gehabt.

»Ja, du. Spielst du nicht in der B-Jugend von El Porve, als Achter?«

»C-Jugend, B-Jugend, kommt drauf an.«

»Ich hab schon mal gegen dich gespielt. Ich spiele in der B-Jugend von Los Andes, als Sechser.«

Okay, war offenbar eine Art gegenseitiges Abchecken unter Fußballern. Wenn Ezequiel ihn nicht irgendwann mal getunnelt hatte und dieser dünne Typ es ihm jetzt heimzahlen wollte, war alles gut.

»Du kommst uns wie gerufen«, sagte er. »Wir bräuchten für ein Match noch einen guten Spieler.«

»Hey, Leute«, schrie ein anderer, und auf beiden Seiten tauchten noch fünf oder sechs schmächtige Gestalten auf, die alle so ähnlich aussahen: eher klein und stämmig, kupfernfarbenes Gesicht, Schlitzaugen. Sahen aus, als kämen sie aus Jujuy oder aus Bolivien. »Wir brauchen nicht mehr weitersuchen. Hier haben wir unseren Crack für die Mannschaft.«

»Hört mal«, sagte Ezequiel, »ich würde ja gern bei euch mitmachen. Bei jedem anderen Spiel wäre ich dabei, aber diesmal kann ich nicht, weil meine Freunde und ich es eilig haben und …«

»Hör zu, Achter, keine Widerrede. Wir brauchen dich und damit basta. Wir spielen gegen die Mannschaft von Oficial Chuy.«

»Von Oficial Chuy?« fragten Pinocchio und ich im Chor.

»Es geht ums Dreierfinale«, sagte der Sechser von Los Andes. »Wer da gewinnt, gewinnt auch den Pokal und die fünfhundert Pesos.«

»Ist der Oficial Chuy nicht einer von den Gardelitos?« fragte ich, und wieder antwortete der Sechser:

»Fast alle aus seiner Mannschaft gehören zu denen oder sind Polizisten oder beides. Deshalb müssen wir ja das Beste aufbieten, was wir kriegen können. Und einer wie dieser geniale Achter hat uns noch gefehlt. Ich hab ihn auf dem Platz von Los Andes spielen sehen, ein echter Wahnsinn.«

»Das Dreierfinale«, sagte ein anderer, »spielen wir, Boliviens Herz; die Mannschaft von Oficial Chuy, Es lebe Gardel; und die Uruguayer, Die Überflieger von Fiorito.«

»Wir müssen uns beeilen«, sagte der Fünfer, und dann schleppten sie und andere, die freundschaftlich auf uns zukamen, uns mit. »Wir haben noch zehn Minuten, das Spiel beginnt um fünf.«

›Wir sind ein Team‹, dachte ich. Und dann gingen wir hin.

Wenn man nicht gewinnen darf,
spielt man am besten unentschieden

Es gibt haarige Spiele, und das hier war so eins. Ezequiel trugen sie fast auf den Schultern, aber, ehrlich gesagt, war der Glaube an ihn nicht ganz gerechtfertigt. Equi war zwar ein technisch versierter Achter mit Zug zum Tor, aber er allein konnte keine Mannschaft retten, und schon gar nicht, wenn der Gegner sozusagen unter Polizeischutz stand. Aber sie waren nun mal glücklich über ihre Neuerwerbung, die Jungs von Boliviens Herz.

Wir stellten uns einige Meter weiter hinten hin, nicht aus Respekt vor dem Star der Mannschaft, sondern weil wieder mal die Gefahr groß war, den Gardelitos über den Weg zu laufen. Der Oficial Chuy kannte uns gut, und es wäre fatal gewesen, wenn er uns ausgerechnet jetzt gesehen hätte.

Wir kamen zu einem Bolzplatz, wo sie Holzträger zu Pfosten und Torlatten umfunktioniert hatten. Einmal ums Feld rum, also gegenüber der Stelle, wo wir standen, war ein kleiner Berg aus Schutt und Müll. Da gingen Pinocchio und ich hin und machten es uns bequem. Es war, wie wenn man im Stadion ganz oben sitzt, da wo es billig ist, von wo aus man das Spiel zwar nur aus weiter Ferne sieht, aber dafür wenigstens sitzen kann und sich nicht mit den Hooligans auf den billigen Stehplätzen rumschlagen muß.

Die Stehplätze waren ganz schön umkämpft. Da drängelten sich dreißig oder vierzig Leute und warteten auf den Anpfiff. Sie feuerten an, warfen den ein oder anderen Kracher, hüpften auf und ab. Genau wie in einem richtigen Stadion, allerdings ohne Tribünen oder Rasen. Wie in einer römischen Arena liefen die drei Gladiatorengruppen von verschiedenen Seiten auf. Boliviens Herz kam zuerst. Eine Minute später tauchten die von Es lebe Gardel auf, angeführt vom Oficial Chuy, und von der anderen Seite näherten sich Die Überflieger von Fiorito. An der Spitze ging der große Schlaks aus dem »Heim der frommen Uruguayer«, und weiter hinten erkannten wir Róger und Ramón und noch zwei, drei andere aus dem Heim.

»Ich dachte schon, jetzt tragen sie gleich Pablo rein«, meinte ich zu Pinocchio.

»Das hätte uns gerade noch gefehlt.«

Zuerst würde Boliviens Herz gegen Es lebe Gardel antreten, danach Boliviens Herz gegen Die Überflieger von Fiorito, und schließlich würden die Uruguayer auf die Gardelitos treffen. Wenn jemand durch den Spielplan einen Vorteil hatte, dann Es lebe Gardel, weil sie zwischen ihren beiden Spielen eine Ruhepause hatten.

Die Uruguayer setzten sich am Spielfeldrand nebeneinander (auf die Haupttribüne, könnte man sagen). Oficial Chuy war der Trainer von Es lebe Gardel. Er zeigte auf Ezequiel und sagte was, aber alle schienen es gelassen zu nehmen. Bestimmt erregte Equi deshalb seine Aufmerksamkeit, weil er der einzige Blonde in der Mannschaft war, fast einen Kopf größer als die anderen von Boliviens Herz, ja sogar als die von Es lebe Gardel.

Ein dicker Typ mit einer ziemlichen Wampe, der ein Muskelshirt und Badelatschen trug, machte den Schiedsrichter. Er hatte keine Trillerpfeife, also zeigte er mit einer Geste, daß es losging, und rief »Los geht's«.

Wenn man das Spiel zwischen Boliviens Herz und Es lebe Gardel mit einem Wort beschreiben müßte, dann wäre dieses Wort »zäh«. Viel Geplänkel im Mittelfeld, kaum Strafraumszenen. Wenn jemand aufs Tor zurannte, wurde er sofort gelegt. Der Dicke mit der Wampe hatte offenbar seine Karten vergessen, denn er zeigt nicht mal Gelb, als Blut floß. Ein wahrer Verehrer von »weiter, weiter«.

Das Herz im Namen Boliviens Herz war gut gewählt, denn sie spielten wirklich mit Herz: Sie rannten, machten die Räume eng, spielten Pressing. Es stimmte allerdings, daß ihnen ein guter Techniker fehlte, und Ezequiel füllte genau diese Lücke. Er versuchte einige Dribblings, aber zwei Schränke, die als Manndecker spielten, holten ihn sofort von den Beinen. Als er sah, daß er mit Dribblings nicht weiterkam, machte er etwas, womit er sich oft bei El Porve behalf und was ich schon immer intelligent fand: Er orientierte sich ein paar Meter weiter nach vorne. Er nutzte seine Körpergröße und spielte wie ein rustikaler Neuner. Wenn sie ihn dort legten, war es Foul. Vom Körper her war er dafür prädestiniert, und vorne reinzugehen machte ihm Spaß.

Die Bolivianer kapierten sofort. Der Neuner wich auf die linke Seite aus, und sie schlugen Flanken in die Mitte. Auch die Gardelitos hatten ihre Stärken. Sie hielten drauf, was das Zeug hielt, aber sie spielten auch guten Fußball. Sie waren schnell, und hätten sie es nicht mit einer so kämpferisch starken Mannschaft wie Boliviens Herz zu tun gehabt, sondern einfach nur gegen ein technisch gutes Team gespielt, hätten sie garantiert einige Tore gemacht. Auch so schossen sie eins.

Der Achter von ihnen spielte den Ball zum Zehner, drang in den Strafraum ein, und bei der Annahme des Doppelpasses ließ er sich theatralisch fallen. Der Schiedsrichter pfiff Elfmeter, und zwar fast vom Anspielkreis aus, weil er mit seinen Latschen und seinem Schmerbauch nicht so schnell laufen konnte. Den Elfer schoß der Schrank, der als Vorstopper spielte, und hätte das Tor ein Netz gehabt, wäre es gerissen. Den Ball mußten sie von hundert Meter weiter hinten holen. Etwa von dort, wo wir saßen.

Eins zu null für Es lebe Gardel war auch der Halbzeitstand. Es folgte eine kurze Ruhepause, die Seiten wurden gewechselt, und schon fing die zweite Halbzeit an.

Gleich zu Beginn ging Es lebe Gardel zwei zu null in Führung, mit einem Kopfball, der für mich ein klares Torwartfoul war. Ich hätte ihn umbringen können, diesen Dickwanst. Mehr Schiebung für Es lebe Gardel ging gar nicht. Zwei Minuten später erfand er noch einen Elfmeter für die Polizisten, aber der Vorstopper schoß den Ball in die Wolken.

»Jetzt werden sie den Spieß umdrehen«, sagte ich mit meiner ganzen Fußballerfahrung zu Pinocchio und fügte wie ein alter Hase noch hinzu: »Nichts ist schwieriger, als ein zwei zu null zu halten.«

Ezequiel ließ sich zurückfallen, um sich einen Ball zu holen, aber statt einen Paß zu spielen, versuchte er es allein. Er ließ den Fünfer aussteigen, der ihn umsensen wollte, kämpfte kurz mit dem Gleichgewicht und marschierte dann aufs Tor zu, wie es nur echte Könner draufhaben. Wie Diego – ohne Equi mit ihm vergleichen zu wollen, klar – gegen die Engländer oder die Belgier, jedenfalls mit der gleichen Idee im Kopf. Der Torwart, der nicht blöd war, lief nicht raus. Trotzdem hat Equi ihn reingeballert. Zwei zu eins, ich hätte laut gejubelt, wenn Pinocchio mich nicht an der Schulter gepackt hätte, damit ich stillhielt.

Bedauerlich war nur, daß Ezequiel als echter Riverfan das Tor feierte wie der Matador Salas. Er ging runter auf ein Knie, hob seine Hand und zeigte zum Himmel. Ich schüttelte den Kopf, biß mir auf die Unterlippe und sagte zu mir selber: »So ein Idiot hoch vier.«

Knapp eine Minute vor Ende der Partie nahm Ezequiel den Ball im Elfmeterraum an, und als er eine Drehung machen wollte, säbelten sie ihn um im Vertrauen darauf, daß sie bei so einem Schiedsrichter wie dem Dicken ungeschoren davonkommen würden. Merkwürdigerweise pfiff der Dickwanst Elfmeter. Die von Es lebe Gardel drehten fast durch, schubsten ihn mehrmals, aber der Schiedsrichter ließ sich von seiner fast schon postumen Haltung nicht abbringen. Vor meinem geistigen Auge sah ich bereits, wie sie den armen Dicken nach dem Spiel als *Punching Ball* benutzten; wie schade, wo er doch so viel getan hatte, um denen von Es lebe Gardel die Führung zu sichern.

Ich dachte, Ezequiel würde den Elfmeter schießen, aber da lag ich falsch. Wer sich den Ball schnappte, war der Torwart. Er nahm kaum Anlauf und schoß hart und flach. Tor, zwei zwei. Wie gern hätte ich gejubelt!

»Der Schiedsrichter hat etwas voreilig Elfmeter gepfiffen.«

Nein, nicht ich hab das gesagt. Auch nicht Pinocchio. Das hat der Cabo Polonio gesagt, der eine Waffe auf uns gerichtet hielt, garantiert vorschriftsmäßig.

»Hätte ich mir ja denken können«, sagte er von oben herab. »Dann seid ihr also extra gekommen, um eure uruguayischen Freunde anzufeuern. Ganz schlecht, ihr solltet Argentinien anfeuern, die einzige Mannschaft, in der Argentinier spielen.«

Wir spiegelten uns in seiner Sonnenbrille: wie wir an einen kleinen Schutthaufen gelehnt auf dem Boden saßen. In dem winzigen Spiegelbild konnte man unsere entsetzten Gesichter nicht erkennen. Hinter uns ging die Partie zwischen Es lebe Gardel und Boliviens Herz ihren Gang, als wäre nichts passiert.

»Diese Bolis sind ein harter Gegner, aber die Urus sind noch schlimmer. Und dann noch dieser Schiedsrichter, der geradezu danach schreit, daß man ihn abserviert. Los, Kinder, aufstehen«, befahl er.

Wir standen auf und blieben stehen, wo wir waren, etwa einen Meter vom Cabo Polonio entfernt. Hinter ihm zogen, als wollten sie sich gleich auf ihn stürzen, schwarze Wolken auf, sehr schwarze Wolken. Über uns hingegen stand immer noch die Sonne und übte gnadenlos Rache.

»Und dich, du Schlaumeier«, sagte er zu mir, »habe ich mir vorgemerkt. Glaub bloß nicht, du kommst davon, nur weil du mit der Tochter meiner Frau rummachst. Ich mag nämlich keine Schwiegersöhne«, sagte er und bog sich vor Lachen über seinen blöden Witz.

Ich wußte nur eins: Immer wenn so jemand wie er einen Vortrag hält und dabei mit der Waffe auf einen Typen zielt, kommt der Typ, auf den gezielt wird, am Ende davon. Zumindest im Film ist das so, und warum sollte es ausgerechnet hier nicht klappen. Nicht so klar war mir, wie wir aus der Schußlinie kommen sollten.

Auf Zeit zu spielen ist immer gut. Zum Glück drosch der Vorstopper von Es lebe Gardel in dem Moment den Ball ins Aus, traf den Cabo genau am Kopf, und der fiel um wie ein gefällter Baum.

Ich hatte Lust, ihm meine Meinung zu sagen: Was sie dem Papa von Patricia angetan hatten, was sie uns im Gemüseladen antaten, was sie den Leuten von der Siedlung antaten, was sie den Jungs im Viertel antaten, und wie lächerlich er aussah in seinen kurzen Hosen, Strümpfen und Schuhen, mit seiner Waffe, die er auf uns gerichtet hielt.

Aber zum Reden hätte Pablo hier sein müssen, dem wären bestimmt vollständige und gedrechselte Sätze eingefallen. Ich brachte es nur zu:

»Halt's Maul, Bulle.« Und dann warf ich mich auf ihn, aber mit einer Zielgenauigkeit, die mich meine Zukunft als Rugbyspieler noch mal überdenken ließ.

»Du ...«, nein, es war kein Angebot, Blutsbrüderschaft zu schließen, sondern der Auftakt zu einer Schimpfkanonade, die der Cabo Polonio aber nicht mehr über die Lippen brachte, weil bei ihm kurz die Lichter ausgingen und er gar nichts mehr sagte. Da lag er dann, die Waffe immer noch in der Hand, und ich lag breitbeinig daneben und hatte wegen des Sturzes überall Quetschungen. Pinocchio packte mich am Gürtel, hob mich hoch wie eine Puppe und schubste mich vor sich her, damit wir von dort wegkamen, weg vom Cabo Polonio, der von dem Überraschungsschlag noch ganz benommen war.

Wir rannten den Wolken entgegen, als wollten wir einen Berggipfel erstürmen, mit kräftezehrenden, weit ausholenden Schritten, und wir taten uns jedesmal, wenn wir stolperten, an Händen und Knien weh. Der Polizist blieb immer weiter zurück, aber damit auch der Fußballplatz, auf dem die Partie ihrem Ende entgegenging. Unwiderruflich entfernten wir uns auch von Ezequiel, der den Ausgleich in letzter Minute gegen Es lebe Gardel wahrscheinlich wie einen Sieg feierte und noch nicht ahnte, daß seine eingefleischtesten Fans sich bereits aus dem Stadion zurückgezogen hatten.

»Che, Ezequiel«, sagte ich zu Pinocchio, während wir kreuz und quer durch das Häusergewirr rannten, um den Cabo Polonio endgültig abzuschütteln. Pinocchio sagte nichts, wir rannten weiter, zwischen den Leuten hindurch, die allmählich aus ihren Häusern kamen und die Durchgänge und Straßen bevölkerten. Nachdem wir eine ganze Weile im Zickzack gelaufen waren, nahmen wir das Tempo raus. Hinter uns war keiner zu sehen, wobei es mich nicht überrascht hätte, wenn der Polizist doch hinter irgendeiner Ecke aufgetaucht wäre.

Wir gingen wieder normal. Erst dann antwortete Pinocchio auf meine Frage:

»Wir können nicht zurück und ihn suchen. Zu gefährlich.«

Wir wichen einigen Pfützen aus und stiegen über ein paar abgebrochene Äste.

»Wir können ihn doch nicht den Gardelitos überlassen, so ganz allein.«

»Die kennen ihn nicht, und allein ist er auch nicht. Da sind die von seiner Mannschaft, und Ramón, Róger und der Schlaks. Und dann kommt ja auch noch ein Spiel, das Ergebnis zwischen den Uruguayern und den Gardelitos muß man erstmal abwarten. Er hat also noch Zeit.«

»Gehen wir beide allein weiter?«

Wir blieben bei einem Stück Ödland stehen, auf dem Müll verbrannt worden war. Auf der einen Seite spielten ein paar Jungs Fußball. Wir guckten eine Weile zu. Sie spielten echt gut. Pinocchio wartete einige Spielzüge ab, und als der Ball ins Aus ging, sagte er:

»Vorerst ja, aber bald werden wir wieder zu dritt sein.«

Und dann fragte er mich:

»Wieviel Uhr ist es?«

»So gegen sechs.«

»Dann los, es wird bald dunkel.«

»Und regnen«, sagte ich und deutete auf die dicken Wolken, die fast schon über uns hingen.

Mariela taucht auf

Wir gingen um den Bolzplatz herum, paßten auf, daß wir nicht auf die kokelnden Stellen traten, und dann vorbei an den Häuschen aus Pappe und Wellblech. Vor den Haustüren versammelten sich immer mehr Leute. Manche holten Stühle raus, und alle hatten Kleinkinder und Babys dabei, die auf dem Boden spielten, ohne Angst vor den Hunden, die ihre Schläfrigkeit abgeschüttelt hatten und jetzt von hier nach da liefen, mit hängenden Köpfen, als hätten sie einen Kater.

Ab und zu hörte man auch Raketen und Knaller, die einen daran erinnerten, daß Heiligabend war. Die Sonne brannte nicht mehr so stark, aber der Boden und die Häuser strahlten immer noch Hitze ab. Ein beißender Geruch verfolgte uns, es war der Rauch des verbrannten Mülls, der sich in unseren verschwitzten Klamotten festgesetzt hatte.

Niemand beachtete uns. Es war wohl wenig übrig von dem frisch gebadeten und sauber angezogenen Jungen, der an diesem Morgen Fiorito betreten hatte. Mein T-Shirt hatte seine Farbe eingebüßt, meine Bermudashorts waren an einem Bein aufgerissen, die Turnschuhe nach wie vor feucht und verdreckt. Mein Gesicht war wahrscheinlich genauso schmutzig wie meine Arme und Beine.

Einmal, in der siebten Klasse, hatte ich mich nach der Schule geprügelt und war mit dem Schulkittel in der Hand, aufgeplatzter Oberlippe und sichtlich in Mitleidenschaft gezogenen Klamotten nach Hause gekommen. Meine Mutter hätte beinahe einen Herzinfarkt gekriegt, als sie mich sah. Die mehrfachen Herzinfarkte, die sie gekriegt hätte, wenn sie mich in meinem jetzigen Zustand gesehen hätte, wollte ich mir lieber nicht vorstellen. Und sowieso: Bevor sie starb, würde sie noch meinen Onkel umbringen, daran hatte ich nicht den geringsten Zweifel. Mein Onkel Roberto: Ich hatte an diesem Tag noch nicht an ihn gedacht, dabei war er der einzige außerhalb von Fiorito, der wußte, wo wir waren, vorausgesetzt, Pinocchio hatte es tatsächlich auf den Zettel geschrieben, den wir ihm dagelassen hatten.

»Hast du meinem Onkel gesagt, wo wir hingehen würden?«

»So in etwa.«

»Wie, so in etwa?«

»Ich hab geschrieben, wir würden bei den Gardelitos nach Maradonas Ball suchen. Wenn dein Onkel weiß, wer die Gardelitos sind und was es mit Maradonas Ball auf sich hat, dann weiß er auch, wo wir sind. Wenn nicht, nicht.«

Ich stellte mir vor, wie mein Onkel über Pinocchios Satz nachgrübelte und dann aufs Kommissariat ging, um über die Herausgabe seines Neffen und seines Angestellten im Austausch gegen eine üppige monatliche Geld- und Gemüselieferung verhandelte. Armer Onkel, am Ende würde er noch selbst im Knast landen.

»Siehst du die Straßen da vorne?« fragte mich Pinocchio und deutete auf eine Ansammlung von Gebäuden, wo Häuser aus Zement und kümmerlichere Varianten friedlich koexistierten. Ja, klar sah ich sie.

»Gut«, sagte er knapp, »wir betreten jetzt eine Gefahrenzone.«

Von da, wo wir standen, konnte man sehen, daß dort Leute waren, viele Leute. Jedenfalls zu viele, um es zu zweit mit ihnen aufzunehmen, da halfen auch kein Kürbismesser oder schnelle Beine.

Wir waren noch ein paar Meter entfernt, als uns einige Typen ins Visier nahmen. Sie starrten uns regelrecht an.

»Che, diese Typen schauen uns an«, warnte ich Pinocchio unnötigerweise.

»Na logisch«, sagte er.

»Was kann passieren?« fragte ich.

»Das Schlimmste.«

Ich dachte, vielleicht wäre es besser, jetzt schon abzudrehen und gar nicht erst weiterzugehen. Noch war Zeit, um wegzurennen. Ich wollte es ihm gerade sagen, als ein Zeigefinger von einem von denen auf uns deutete. Hätte der Typ einen Revolver in der Hand gehabt, hätte ich genau das gleiche empfunden.

»Pinocchio!« rief er, die anderen schauten her, und einer verschwand in Richtung Häuser. Holte er etwa Waffen?

»Pinocchio, mein Lieber, daß ich das noch erleben darf!« rief ein älterer Mann mit Schnauzbart, der mit nacktem Oberkörper und Badeshorts dasaß. Pinocchio deutete das gleiche Lächeln an, das über sein Gesicht huschte, wenn eine Kundin zu ihm sagte, wie höflich er doch wäre und wie gut er bedienen würde.

»Wer sind die denn?« fragte ich.

»Das Schlimmste, Verwandte«, erwiderte er.

Sie umarmten ihn, klopften ihm auf den Rücken, der Typ, der vorhin ins Haus gegangen war, kam mit einer älteren Frau und zwei etwa zehnjährigen Jungs wieder raus. Ich trottete hinter Pinocchio her, gab denen, die wieder frei wurden, die Hand, und den Frauen und Kindern Küßchen.

»Wie lange haben wir dich nicht mehr gesehen?« fragte der Typ mit nacktem Oberkörper.

»Claudio habe ich vor einem Monat gesehen.«

»Spiel nicht den Dummen, ich frag dich, wie lang du schon nicht mehr hier warst.«

»Hab nicht mitgezählt.«

Sie holten Stühle raus, stellten sie vor einem der Häuser um einen Tisch, wobei die Stuhlreihe immer länger wurde und sich bald über mindestens zwei weitere Häuserfronten erstreckte. Ich setzte mich, und mit mir setzte sich das ganze Gewicht dieses Tages. Meine Arme wurden weich, meine Beine machten schlapp. Ich hatte für nichts mehr Kraft, außer fürs Zuhören.

»Du hast dich seit zwei Jahren nicht mehr blicken lassen«, sagte der Mann. »Zwei Jahre schon hab ich weder dich noch deine Mutter gesehen.«

Aus den Fragen und Antworten ging hervor, daß diese Leute Cousins und Cousinen seiner Mutter waren, deren Kinder (die Pinocchio ebenfalls »Cousin« nannten) und eine Großtante, die eine nach der anderen rauchte. Die Kleinen beäugten uns etwas mißtrauisch. Der Rest nahm wenig Notiz von mir. Dann war da noch eine junge Frau, die Pinocchio ähnlich sah, die gleiche Nase, der gleiche stämmige Körper und nicht allzu groß. Und noch eine, eine ganz schön dicke, die unmöglich anzogen war. Und schließlich noch zwei schmächtige Jungs in meinem Alter, die sich nicht auf die Stühle setzten, sondern sich gegen den Türrahmen lehnten, als wären sie Gardesoldaten, aber in *Gothic*-Version. Eine Cousine oder die Frau eines Cousins goß Matetee auf. Es gibt nichts Schlimmeres als bitteren Matetee, aber ich konnte schlecht nein sagen. Wenn Pablo hier gewesen wäre, hätte er um ein Glas Cola oder Fanta gebeten.

»Che, was gibt's Neues von Parilla?« fragte der Schnauzbärtige.

»Immer noch da, wo er vorher war«, lautete Pinocchios Antwort.

»Wenn er das erste Jahr überlebt hat, ist er außer Gefahr«, sagte der andere, der so aussah, als würde er das Thema, über das gesprochen wurde, aus eigener Erfahrung kennen.

»Parilla würde sogar im Dschungel überleben«, sagte Pinocchio. Es war das erste Mal, daß ich aus seinem Mund eine Bemerkung über seinen inhaftierten Bruder hörte.

Ich beobachtete ihn, konnte aber nicht so richtig beurteilen, ob er sich wohlfühlte oder nicht. Ob die Gardelitos, die Uhrzeit oder seine Verwandten daran schuld waren, daß er angespannt wirkte. Jedenfalls sagte er nach etwa zwanzig Minuten, er müßte jetzt dringend los, um früh genug bis hinter die »Lagune der zwei Toten« zu kommen. Zwei der Cousins sahen sich ernst an.

»Und was hast du da zu tun?« fragte einer von beiden.

»Sachen.«

»Ist ein Scheißort«, sagte der andere.

»Deshalb nehme ich ja den hier mit«, sagte Pinocchio und zeigte auf mich, »damit er mich beschützt.«

Ich setzte meine beste Beschützermine auf, und weder sie noch ich wußten, wen er da auf den Arm nahm, sie oder mich.

Wir standen auf, und die Verabschiedungsrunde begann.

»Auf dem Rückweg mußt du unbedingt vorbeikommen, dann trinken wir einen Cidre und feiern zusammen Heiligabend«, lud ihn der Schnauzbärtige ein.

»Ich kann nicht. Meine Mutter ist allein zu Hause, also werde ich Heiligabend mit ihr verbringen.«

Als wir uns bereits von allen verabschiedet hatten, sagte die Frau eines Cousins:

»Pinocchio, schau doch bei Mariela vorbei und sag ihr Hallo.«

»Keine Sorge, genau da will ich jetzt hin«, sagte er, ging einige Schritte und fragte mit einer kaum merklichen Drehung nach hinten: »Ist sie noch mit dem Colorado zusammmen?«

»Sei kein Idiot und geh jetzt.«

Das erste, was mir auffiel, war der Karren vor dem Haus. Das Pferd sah alt und müde aus, aber der Karren war glänzend grün gestrichen. Pinocchio klopfte, kurz darauf tauchte sie auf.

Sie öffnete die Tür und sagte »Hallo«, und auch Pinocchio sagte »Hallo«, sonst nichts. Beide sahen sich lang an, als würden sie darauf warten, daß der andere sich zu einer etwas gewagteren Geste hinreißen ließ als diesen kaum hörbaren Gruß.

Sie sah Lili ähnlich, der Frau, die uns am Vormittag Wasser gegeben hatte. Ihr Gesicht war indianisch, ihr Haar tiefschwarz. Von der Statur her war sie eher klein, so wie die andere Frau auch, aber ihr Körper war spektakulärer. Ihre Augen waren dunkel, vielleicht sogar schwarz, ganz klein und tief, wie bei einem wehrlosen Tier, das ständig fluchtbereit ist. Sie gehörte zu der Sorte Frauen, die man nicht bemerkt, wenn man sie auf einem Foto sieht, die man aber, wenn man sie in echt sieht – wie sie sich bewegt, wie sie spricht –, nie wieder vergißt. Ihre Schönheit zeigte sich in der Bewegung ihres Körpers. So war Mariela.

»Der Colorado?« fragte Pinocchio, für den dieser blöde Rotschopf offenbar eine Obsession war. Sie machte diese Geste, die Patricia auch immer machte, oder dieses andere Mädchen: Sie zuckte mit den Schultern und verzog dazu den Mund, um zu betonen, wie wenig sie dieses Thema interessierte.

»Irgendwo«, sagte sie und fügte hinzu: »Kommt rein.« Drinnen standen ein Tisch mit einer geblümten Wachstuchdecke und einige Plastikstühle, zwei Stofftücher dienten als Wand, um diesen Raum vom Rest des Hauses abzutrennen. Der Boden war aus Erde, aber festgestampft, kein Staubfusselchen war zu sehen. Sie bot uns keinen Stuhl an. Wir standen da, während sie mit dem Holzrahmen eines Fensters kämpfte, der sich verzogen hatte. Pinocchio ging zu ihr, um ihr zu helfen, und es dauerte keine zwei Sekunden, bis alles wieder richtig saß.

»Ich brauch deine Hilfe.«

»Ja, ich weiß schon. Lili war hier und hat gesagt, daß sie dich heute morgen gesehen hat und daß du kommen würdest.«

»Du mußt uns auf die andere Seite vom neuen Schrottplatz bringen, ohne daß die Gardelitos uns sehen. Lili hat mir gesagt, daß sie jetzt Maut verlangen.«

»Heute wahrscheinlich nicht, ist doch Heiligabend.«

»Stimmt, ist ja Heiligabend.«

Mariela setzte sich auf einen Stuhl und musterte Pinocchio von oben bis unten. Es wirkte provozierend. Das war genau das richtige Wort: Mariela war von einer provozierenden Schönheit.

»Du hier, ein echtes Weihnachtswunder.«

»Ist nicht gut, auf Wunder zu warten«, sagte Pinocchio.

»Ich warte auf gar nichts«, sagte sie und stand auf. Aus dem Laken trat, als wäre es ein Bühnenvorhang, ein kleines Mädchen hervor, das vielleicht vier war. Sie hatte ein abgetragenes Kleid an, und ihre langen Haare waren mit einem roten Band zusammengebunden. Schnell rannte sie an uns vorbei und klammerte sich an Marielas Bein. Sie versteckte sich, wollte uns nicht angucken.

»Hallo, Titi«, sagte Pinocchio mit einer sanften Stimme, wie sie für einen Fan von Huracán, der Ratten aufschlitzte, nicht allzu üblich sein dürfte. Titi hielt sich weiter hinter Marielas Hose versteckt.

»Geh jetzt, mein Schatz, geh zu Omi, ich muß mal kurz weg.«

Sie streckte den Kopf hervor, guckte zu Mariela hoch und fragte:

»Und der Weihnachtsmann?«

»Ist zu früh, das dauert noch. Geh hinters Haus, vielleicht siehst du ihn ja kommen.«

Die Kleine rannte los, ohne uns anzuschauen. Mariela ging zu einem Schrank und holte eine Tüte raus.

»Schau«, sagte sie zuerst, dann verbesserte sie sich: »Schaut, gefällt sie euch? Ist die nicht richtig süß?«

Sie zeigte uns eine Stoffpuppe, die sie dort verstaut hatte und an diesem Abend Titi schenken wollte. Ich mußte an Eli denken. Pato hatte ihr bestimmt nichts kaufen können. Was für ein Schwachkopf ich war, damals im Shoppingcenter, ich hätte ihr unbedingt was kaufen müssen, eine Puppe oder sonst was, das kleinen Mädchen gefällt. Es muß schrecklich sein, wenn man klein ist, und keiner schenkt einem was zu Weihnachten. Ich stellte mir vor, wie Eli zu Hause auf dem Gehweg mit einer Puppe aus Lumpen spielte, oder auch Pato, und plötzlich fühlte ich mich irgendwie bedrückt. Es war unbegreiflich, und es war ungerecht.

»Wollt ihr jetzt los?« fragte Mariela, nachdem sie die Tüte mit der Puppe wieder versteckt hatte.

»Wir müssen jetzt los, wird langsam spät«, sagte Pinocchio.

»Dürfte so gegen sieben sein«, sagte Mariela.

»Viertel vor sieben«, präzisierte ich.

Wir kletterten auf den hinteren Teil des Karrens und machten es uns auf der Ladefläche bequem. Mariela stellte einige Kisten drauf und deckte uns mit einer Plane zu. Dann stieg sie auf den vorderen Teil.

»Ihr wißt ja«, hörten wir ihre Stimme, die sich unter der Plane durchmogelte, »kein Mucks, und atmet so wenig wie möglich. Wir kommen jetzt durch eine Gegend, wo alle halbe Meter ein Gardelito steht. Wenn sie euch entdecken, machen sie Hackfleisch aus uns dreien.«

Sie trieb das Pferd an, das aufschnaubte, und der Karren setzte sich in Bewegung. Bei jedem Schlagloch, bei jeder Unebenheit, hopsten wir auf und ab.

»Es gibt da einen Ort, den würde ich dir gern zeigen, liegt auf dem Weg«, sagte Mariela zu Pinocchio. »Ist gleich beim Schrottplatz.«

Mir tat von dem Ruckeln alles weh, aber ich jammerte nicht, ich bewegte mich nicht, ich atmete nicht. Und alles, um die nächste Begegnung mit den Gardelitos zu überleben.

Namen

Man merkte, daß Mariela mit dem alten Karren so selbstverständlich umging, als würde sie mit einem Fahrrad in den Wäldern von Palermo rumfahren.

»Che, Pinocchio«, sagte ich leise und stieß ihn mit dem Fuß an, falls er mich nicht gehört haben sollte.

»Was ist?«

»Ist das nicht gefährlich? Ich meine, das Mädchen da mit reinzuziehen und mitten durch die Gardelitos zu fahren. Gab es keinen anderen Weg?«

»Mariela ist daran gewöhnt. Es gab keine andere Möglichkeit.«

Zum ersten Mal zweifelte ich an Pinocchio. Es mußte einen anderen Weg zum Stützpunkt der Gardelitos geben. Wenn wir den ganzen Tag kreuz und quer gegangen waren, wieso sollte es dann nicht möglich sein, noch einen weiteren Schlenker zu machen, um ihnen nicht in die Hände zu fallen? Pinocchio mußte unheimlich viel Lust gehabt haben, Mariela zu sehen, und der einzige Vorwand, der ihm eingefallen war, war der hier. Sie darum zu bitten, uns in ihrem Karren mitzunehmen. Weiß der Kuckuck, was zwischen den beiden vorgefallen war, jedenfalls muß es heftig gewesen sein, weil beide sich behandelten, als gingen sie über vermintes Gelände. Weil also Pinocchio in sie verschossen war (denn zweifellos war zumindest er noch immer verliebt), setzten wir sie und uns einer großen Gefahr aus. Erst fand ich es Wahnsinn, aber dann fiel mir ein, daß ich mich wegen Patricia auf diese Geschichte eingelassen hatte, sogar meine Freunde hatte ich mit reingezogen. Ich hielt also besser die Klappe.

Der Karren wurde langsamer und blieb schließlich stehen. Eine Stimme rechts von mir sagte:

»Na, meine Hübsche? Sogar heute am Arbeiten?«

»Nur ein bißchen. Der Colorado hat mich gebeten, den Karren bei seinem Bruder vorbeizubringen.«

»Weil du's bist, brauchst du mir heute nichts zu geben.«

»Danke.«

»Nichts zu danken, Ma'«, sagte der Typ und lachte unangenehm.

Mariela grüßte zum Abschied, und dann setzte sich der Karren wieder in Bewegung. Er hatte kaum ein paar Meter zurückgelegt, als der Typ rief:

»Mariela!«

Der Karren hielt an. Mariela sagte nichts. Der Typ kam näher. Ich konnte seine Schritte hören.

»Sag mal«, sagte er, »wann erhörst du mich endlich? Ich kann dich aus diesem Dreck hier rausholen.«

»Das ist kein Dreck.«

»Du mußt raus aus Fiorito.«

»Danke, aber ich möchte es allein schaffen.«

»Ich weiß nicht, wie du diesen Gestank aushältst.«

Das Pferd schnaubte, als würde es ihm antworten.

»Womöglich stinkt's da draußen noch mehr. Das würde ich erst recht nicht aushalten«, sagte Mariela.

Sie mußte das Gespräch unbedingt abwürgen. Der Typ konnte jeden Moment bemerken, daß hinten auf dem Karren noch was anderes lag als Kisten.

»Wann gehen wir beide mal was trinken? Ich lad dich ein.«

»Da mußt du erst den Colorado fragen. Aber paß auf, ist ein gewalttätiger Typ.«

»Du weißt, das ist kein Problem.«

»Und du weißt, daß ich nie was mit einem Polizisten anfangen würde, da kann der noch so ein hübscher Kerl sein.«

»Da entgeht dir was.«

»Bestimmt.«

»Frohe Weihnachten.«

Und dann setzte sich der Karren wieder in Bewegung.

Unglaublich, aber trotz des Gerumpels schlief ich ein. Bestimmt vergingen keine zehn Minuten, aber genug, um von Patricia zu träumen, wie ich zu ihr nach Hause ging und dort von einem Hund gebissen wurde. Im Traum sagte Patricia zu mir: »Komm, setz dich hierher, das Schlimmste ist vorbei.« Aber es war nicht Patricias Stimme, sondern die von Mariela. Und es war auch kein Traum, es war tatsächlich Mariela, die das sagte, zu Pinocchio nämlich, der die Kisten und die Plane wegräumte, die auf mir lag.

»Geschafft, die Gardelitos haben wir hinter uns«, teilte er mir mit.

Ich setzte mich auf. Etwas sehr Wichtiges hatte sich verändert: Draußen war es jetzt dunkel. Der Himmel war schwarz, von der Sonne, die uns den ganzen Tag begleitet hatte, war kein Schimmer mehr zu sehen. Die Gewitterwolken hingen direkt über uns. Durch das Abendlicht konnte man noch ein bißchen was sehen, aber mit jeder Sekunde, die verging, nahm die Sicht ab und der Wind, der dem Regen vorausgeht, zu.

Pinocchio schwang sich auf den vorderen Teil des Karrens. Er setzte sich neben Mariela. Sanft ergriff er ihre Hände und nahm ihr die Zügel ab. Pinocchio lenkte den Karren jetzt genauso geschmeidig wie Mariela. Er schlug einen langsamen Trab an, aber ohne Aussetzer oder abrupten Wechsel der Gangart. Ich glaube, keiner von beiden dachte noch daran, daß ich hinten lag.

»Du weißt, daß du dich an einen gefährlichen Ort begibst?« fragte Mariela.

»Freunden muß man helfen.«

Pinocchio sprach gerade über mich, und ich war stolz darauf, daß er mich als seinen Freund betrachtete.

»Schade, daß ihr Agustín nicht helfen konntet, weder du noch Parilla.«

Pinocchio legte einen Gang zu. Er ließ einige Sekunden verstreichen, bevor er antwortete, so wie er es immer tat, wenn ihm etwas wichtig oder unangenehm war.

»Du weißt, wie das damals war.«

»Ich sehe jeden Tag vor mir, wie das damals war.«

Sie schwiegen ein paar Sekunden, dann ergriff er wieder das Wort:

»Baggert dich ganz schön an, dieser Bulle.«

»Er spielt gern den großen Macker, aber wenn ich ihm die fünf Pesos zahle, gibt er Ruhe.«

»Findest du wirklich, daß er gut aussieht?«

»Man kann nicht immer ehrlich sein.«

»Nicht immer.«

Jetzt nahm Mariela die Zügel in die Hand und sagte:

»Warte, laß mich mal, ich will mit dir wohin und dir was zeigen.«

»Wir haben es echt eilig.«

»Dauert keine Minute. Seit ich die Idee hatte und wir es Stück für Stück aufgebaut haben, habe ich mir immer den Moment ausgemalt, wenn du es zum ersten Mal siehst. Ist gleich um die Ecke.«

Sie bog in eine Durchfahrt ein und hielt den Karren an.

»Da sind wir«, sagte sie und sprang runter. Wir beide folgten ihr.

Es war eine Hütte aus Pappe und Wellblech, mitten auf einem Stück Brachland. Licht war keines zu sehen, und im Dunkeln hätte man die Vorderseite fast mit dem Nichts verwechselt. Mariela klopfte nicht an; sie ging gleich rein. Eine schlichte Tür aus Wellblech und ein paar Holzlatten, die nicht abgeschlossen war und nicht einmal einen Riegel oder sonst irgendein Schloß hatte. Wir traten ein. Sehen konnte man nichts. Mariela nahm uns beide an der Hand.

»Paßt auf, daß ihr nicht stolpert.«

Sie ließ unsere Hände los, bückte sich und suchte etwas. Dann zündete sie ein Streichholz an, und mit dem Streichholz zündete sie eine Petroleumlampe an.

»Die steht immer hier, damit ihr Bescheid wißt«, sagte sie, als wäre sie schon im voraus sicher, daß wir irgendwann mal wiederkommen würden.

Die Petroleumlampe erhellte den Raum. Ich weiß nicht, warum sie gesagt hat, daß wir stolpern könnten, weil auf dem Boden fast gar nichts war. Dafür um so mehr an den Wänden. Überall hingen Fotos. Und kleine Plakate, ab und zu ein Kreuz.

»Und was ist das hier?« fragte Pinocchio.

»Das haben wir mit Leuten von hier und aus anderen Vierteln auf die Beine gestellt. Kommt her, schaut's euch genau an.«

Es waren Fotos von Leuten Anfang zwanzig, mal allein, mal mit Freunden oder auch mit der Familie. Unter jedem Foto stand der Name des Abgebildeten, das Alter, das Datum, an dem er ermordet wurde, und manchmal auch, wie er ermordet wurde.

»Das hab ich für Agustín und alle andern gemacht«, sagte Mariela. »Agustín war mein Bruder«, klärte sie mich auf.

Die Namen vermischten sich, schienen sich zu wieder-

holen, so wie sich auch die Begleitumstände wieder-
holten, die Tatorte, die Vorfälle. Da gab es einen Agustín
Oivera, der im Alter von 26 Jahren irgendwo in Ingeniero
Budge erschossen worden war, und einen Agustín Ramí-
rez, der mit 22 in San Francisco Solano gestorben war.
Cristian Saavedra war 15 und gerade in Lanús unterwegs,
als ein Beamter der Provinzpolizei Bonaerense ihn an den
Haaren packte und ihm ins Genick schoß. Marta Parolari,
20, wurde zusammen mit ihrem Freund in San Vicente
abgeknallt. Lorena Lopenzoni war 21, als ein Streifenwagen Fahrraddiebe in La Matanza verfolgte, sie kam zufällig vorbei, und ein Polizist hat sie getötet. Diego Pavón
war aus Docke, 16 Jahre alt, spielte gerade Fußball vor
der Haustür, als ein Polizist vorbeikam, der ihn schon seit
Monaten bedrohte, und der brachte ihn um. Maximiliano
Tasca, 26, Cristian Gómez, 23, und Adrián Matassa, 23,
waren in der Bar einer Tankstelle in Floresta, als ein pen-
sionierter Suboficial sie aus nächster Nähe erschoß, weil
ihn einige Bemerkungen der Jungs gestört hatten. Walter
Sanabria war 18, als zwei Polizisten in Zivil ihn anhielten,
Walter dachte, es wäre ein Überfall, er rannte weg, und sie
schossen ihm in den Rücken. Ezequiel Demonty war 19,
als ihn eine Gruppe von Polizisten zwang, in den Riachue-
lo zu springen, zusammen mit einigen anderen Jungs: er
ertrank. Diego Peralta war 17, als er von einigen Polizisten verschleppt wurde, die ihn schließlich im Viertel El
Jaguel de Ezeiza erstachen und anschließend in eine Kohlegrube warfen. Daniel Brunetini war 16, er und noch so
ein schmächtiger Typ fuhren auf dem Motorrad durch La
Matanza, als sie zum Anhalten aufgefordert wurden, sie
hielten aber nicht an, und da schossen die Polizisten einfach los. Javier Alderete war 16, als er festgenommen und
aufs Polizeirevier von Villa Rosa, Pilar, gebracht wurde,

wo er »an einem Alkoholkoma starb«, ohne ärztliche Betreuung. Néstor Bauche wurde mit 21 auf einer Straße in Berazategui erschossen, Oscar Aredes mit 19 und Roberto Algañaraz mit 24 in Ingeniero Budge, Sergio Bazán mit 20, auch in Berazategui, Matías Córdoba mit 17 in Rafael Castillo, Marcelo Vázquez mit 21 in Avellaneda, Ricardo Dornelli mit 21 im Viertel San Alberto in Matanza, Néstor Zubarán, 25, in William Morris, Sabino Jiménez, 21, in Villa 21, Andrea López, 24, zusammen mit ihrem Bruder, in González Catán, Omar Lencina, 24, in Dock Sud, Luis Molina, 32, San Francisco Solano, José Luis Moreno, 19, Punta Lara, Juan Ortubia, 21, Berazategui, Marcelo Rivero, 17, Rafael Castillo, Ariel Ruiz und Osvaldo Sequeiros, bei 19, auf der San Francisco Solano. Juan Antonio Vázquez, 22, wurde auf dem Zentralmarkt erschossen, als er gerade angefaultes Obst aufsammelte. Die Namen wurden immer vertrauter, wurden zu Synonymen des gleichen Wahnsinns und des gleichen Unrechts.

Ich strich mit meiner Hand über die Fotos, als könnte ich Brailleschrift lesen, als würden mir diese Informationen noch nicht reichen, als müßte ich sie ertasten, so wie mich der blinde Greis im »Heim der Uruguayer« ertastet hatte. Sie mit meinen Händen erkennen, mit meinen Fingern sehen, damit auch ich ihren Verlust spüren konnte.

Es schüttete wie aus Kübeln, und das Donnern brachte die Wände der Hütte zum Beben.

»Das hat uns gerade noch gefehlt«, sagte Pinocchio, dann nahm er Mariela bei den Händen und meinte: »Ich muß auch oft an Agustín denken.«

»Mir ist nichts anderes eingefallen. Die Leute helfen uns, bringen Fotos und Informationen. Manchmal kommen die Jungs vorbei, setzen sich her und trinken ein Bier. Nie läßt jemand was mitgehen, und bis jetzt haben sich nicht mal die Gardelitos hergetraut. Nicht aus Respekt, ich glaube, sie haben einfach Angst vor den Fotos und den Erinnerungen.«

So standen sie eine Weile da, hielten sich an den Händen und redeten in einer Sprache ohne Worte. Aber das Donnern war so, als würden Riesen auf das Hüttendach schlagen, um uns daran zu erinnern, daß wir aufbrechen mußten.

»Wir müssen zu den Gardelitos, so oder so. Und du mußt nach Hause zurück. Da warten Titi und der Colorado auf dich.«

»Titi ist bei der Oma, und der Colorado kommt nicht mehr, zumindest heute nicht, glaub ich. Geht jetzt los, ich werd hierbleiben, bis der Regen nachläßt. Ich bin gern allein hier, da kann ich nachdenken. Wirklich.«

Wir gingen raus und bekamen vom Wasser eine geknallt, und dann noch eine und noch eine, damit wir auch ja wieder ganz in unsere Geschichte reinfanden. Der Himmel hatte sich völlig zugezogen, zu sehen war nur das Wasser, das auf uns runterprasselte. Es war kein Regen, es war ein aufgewühltes Meer, das eine Welle nach der anderen schickte, um uns fertigzumachen. Wir rannten, kamen aber kaum von der Stelle, wie manchmal im Traum. Wir tappten in den Schlamm, wir stolperten, und wenn wir sprechen oder einfach nur Luft holen wollten, drang uns Wasser in den Mund. Schließlich kamen wir an eine verlassene Grillhütte und stellten uns unter. Wir wurden zwar immer noch naß, aber nicht mehr so sehr. Nach hinten raus war es stockfinster, so daß man nicht sehen konnte, was da war.

»Da hinten«, sagte Pinocchio, »ist der Stützpunkt der Gardelitos. Ist nicht mehr weit. Wieviel Uhr ist es?«

»Fünf nach acht.«

»Nicht schlecht. Genau die Ankunftszeit, die ich im Kopf hatte.«

Die Gardelitos töten von Tag zu Tag besser

Pinocchio mußte schreien, um sich Gehör zu verschaffen. Das Donnern und das Wasser, das auf uns runterprasselte, übertönten jedes andere Geräusch. Wir standen immer noch unter der verlassenen Grillhütte, aber weil das Dach lauter Löcher hatte, war es, als würden wir direkt im Regen stehen.

»Wenn wir hier geradeaus gehen würden, würden wir direkt in die ›Lagune der zwei Toten‹ stürzen«, sagte er.

»Was nun?« schrie ich.

»Wir müssen links drumrum gehen. Etwa dreißig Meter. Kurz hinter der Kurve kommt der Stützpunkt.«

»Ist der gut sichtbar?«

»Sieht aus wie das ›Heim der Uruguayer‹, nur größer.«

»Und ist das wirklich eine Lagune?« fragte ich und stellte sie mir richtig groß und tief vor.

»Es ist eine Kohlegrube. Das mit den ›zwei Toten‹ kommt daher, weil dort mal eine Leiche aufgetaucht ist.«

»Eine? Und warum dann ›der zwei Toten‹?«

»Die Leute hier sind sehr vorausschauend.«

Ich mußte dringend pinkeln. Ich wurde von allen Seiten dermaßen mit Wasser vollgespritzt, daß ich mir in die Hosen hätte machen können, ohne daß es jemand gemerkt hätte. Fand ich aber nicht so prickelnd, also schrie ich:

»Ich muß pinkeln!«

»Was?«

»Ich sagte, ich muß pinkeln.«

»Dann mach!«

Wie gesagt: Es wäre würdelos gewesen, also ging ich ein paar Meter weg. Ich stellte mich an einen Baum. Während ich das angenehme Gefühl genoß, das ganze Wasser abzulassen, das sich über Stunden angesammelt hatte, sah ich, wie Pinocchio den Rucksack auf den Boden stellte und seine Turnschuhe zuband. Es ging blitzschnell, spielte sich alles in dem Augenblick ab, in dem ich den Blick senkte, um den Reißverschluß hochzuziehen. Als ich den Blick wieder hob, blieb mir das Herz stehen.

Anblick und Schreie fielen zusammen. Ich sah, wie Pinocchio, umringt von fünf Typen, am Boden lag. Ich hörte, wie sie ihn beschimpften, einer schrie »Hände in den Nacken!«, und ich sah, wie Pinocchio die Hände an den Kopf legte. Ich drückte mich eng an den Baum. Ich war vielleicht zwei oder drei Meter entfernt, es hätte sich nur einer der Typen umdrehen müssen oder ein Stückchen in meine Richtung gehen, und schon hätte er mich entdeckt. Ein Blitz verlieh den Schatten, die sich nervös um Pinocchio herumbewegten, Gesichter. Ich erkannte den Ayudante Balizas, dessen Kopf nach der Verletzung in der »Schlacht der Steine« bandagiert war. Auch der Oficial Chuy war da, trug ebenfalls eine Art Bandage, wie ein Stirnband. Die anderen drei kannte ich nicht. Chuy und Balizas hatten Gewehre, die anderen Kurzfeuerwaffen. Chuy hatte sein Gewehr auf Pinocchio gerichtet, und die anderen schauten sich um wie in die Enge getriebene Tiere, sahen mich aber nicht; wie durch ein Wunder sahen sie mich nicht. Ich glaube, ich habe nicht geatmet, und bewegt habe ich mich sowieso nicht. Ich klammerte mich mit beiden Händen an den Stamm, bohrte meine Fingernägel regelrecht in die Rinde hinein. Chuy fragte Pinocchio, wo der andere wäre, also ich. Pinocchio sagte was, das nicht mal die hören konnten, und daraufhin trat ihm Chuy in die Nieren. Pinocchio schrie, ich wäre abgehauen, ich hätte Angst bekommen und wäre rüber über die Avenida. Einer schrie, er soll sich nicht bewegen, und ein anderer schrie Chuy an, er soll ihn umpusten, jemand spannte den Abzugshahn, jedenfalls glaubte ich das zu hören: den Klick einer Waffe, die gleich abgefeuert wird. Er soll ihn erledigen, sagte eine heisere Stimme, ihn kaltmachen, damit er endlich still war, verdammt, schrie ein anderer, was vollkommen sinnlos war, weil Pinocchio sich nicht rührte, absolut regungslos lag er da, die Hände im Nacken. Chuy hielt sein Gewehr auf ihn gerichtet, Balizas hielt sein Gewehr auf ihn gerichtet, und einer der anderen, der ein bißchen weiter weg stand, hielt seine Pistole auf ihn gerichtet. Die beiden restlichen ließen ihre Waffen baumeln, auf den Boden gerichtet, aber stets bereit, sie beim ersten Schatten hochzureißen. Ich weiß nicht, woher auf einmal der Cabo Polonio gekommen ist, jedenfalls sagte er, sie sollten ihn hochheben. Hebt ihn hoch, hab ich gesagt, schrie er. Was machen wir jetzt? fragte Balizas. Polonio sagte, sie sollten ihn mitnehmen, sie bräuchten ihn als Schutzschild. Ein menschliches Schutzschild, sagte er. Die sechs Typen waren extrem nervös, und ich glaube nicht, daß wir zwei der Grund dafür waren. Sie hoben ihn hoch, trugen ihn fast durch die Luft. Einer packte ihn an den Haaren, ein anderer an den Schultern. Dann zogen sie schnell ab, ihre Schatten vermischten sich mit dem Schwarz der Lagune, bis da nur noch ein undurchsichtiger Fleck war. Mich sahen sie nicht. Ich stand noch eine ganze Weile eng an den Baum gedrückt da, ohne reagieren zu können. Ich bewegte mich nicht, oder wenigstens kaum, zuckte jedesmal hoch, wenn es donnerte. Für mich klang jedes Donnern wie ein Schuß in der Dunkelheit.

Schließlich konnte ich mich von dem Baum lösen. Ich ging zu der Stelle, wo Pinocchio gelegen hatte, und machte mich auf die Suche nach weiß nicht was. Das einzige, was ich fand, war sein Rucksack. So wenig war das gar nicht, sondern fast eine Botschaft. Ich öffnete ihn, drinnen war immer noch das Messer zum Kürbisaufschneiden. Ich machte den Rucksack wieder zu, setzte ihn auf und ging in die Richtung, in die die Polizisten verschwunden waren. Ich machte langsam, weil ich nicht auf die Typen stoßen wollte, die vor mir waren, oder in einen Graben fallen oder ausrutschen und ab in die »Lagune der zwei Toten«. Ich versank bis über die Fußknöchel im Schlamm, und das Gewitter tobte weiter mit unverminderter Wucht. In der Dunkelheit hatte ich ständig das Gefühl, ich würde am rutschigen Rand eines Abgrunds gehen. In meinem Kopf überlagerten sich die Fotos aus der Hütte mit dem Bild Pinocchios, wie er auf dem Boden lag und die Polizisten ihn anschrien. Jeder von uns könnte ein weiteres Foto werden. Im besten Fall: ein weiteres Foto, die Erinnerung und der Schmerz von denen, die dich geliebt haben, und das war's. Ich hätte am liebsten geschrien oder geheult. Gesagt: Stop, ich spiel nicht weiter, ich ergebe mich. Was hatte ich hier noch zu suchen? Mußte ich wirklich weiter? Wäre es nicht besser, nach einer Straße Ausschau zu halten, die mich hier rausführte?

Nur die Trägheit trieb mich vorwärts. Vielleicht war es auch Pinocchios Rucksack, den ich auf den Schultern trug. Als könnte die Bewegung, die vor zwölf Stunden begonnen hatte, jetzt nicht einfach aufhören, sondern erst dann zum Stillstand kommen, wenn ich gegen den Stützpunkt der Gardelitos prallte. Irgendwann dachte ich, es wäre am besten, zurückzugehen, Mariela zu suchen, die wahrscheinlich noch in der »Hütte der Opfer« war. Sie wiederum würde Leute suchen, die uns helfen konnten. Aber nein, ich mußte weiter. Ich ging nicht am Rand eines Abgrunds, ich hatte mich längst hineingestürzt. Und jetzt konnte ich nur noch den Fall abwarten, den Aufprall in meinem Körper spüren. Der Stützpunkt der Gardelitos, das war mein Boden, das war da, wo ich zu Matsch verarbeitet werden würde. Ich ging nicht zurück, ich ging weiter, weiter im freien Fall. Nach und nach öffnete sich der schwarze Vorhang, der vor meinen Augen hing, und ließ ein Gebilde erkennen, anfangs undeutlich, dann immer klarer.

Da war er, direkt vor mir, keine zehn Meter entfernt: der Stützpunkt der Gardelitos. Ich warf mich hinter einige Schutteile. Eine übertriebene Vorsicht, denn in der Dunkelheit konnten sie mich vom Haus aus nur schwer ausmachen. Er sah aus wie ein Hangar, der Hangar von Jay Jay the Jet Plane und diesem Spinner Snuffy, nur daß drinnen nicht Brenda Blue, Big Jake oder Tracy auf mich warteten, sondern Balizas, Chuy, Polonio und ihre Helfershelfer.

Drinnen im Hangar der Gardelitos war Bewegung. Gedämpftes Licht von einer nicht sehr leistungsstarken Lampe mogelte sich durch die geschlossenen Fenster. Hinter dem Hangar ging eine Ausfallstraße lang, hinter der Fiorito aufhörte. Es war meine letzte Chance: Noch konnte ich raus und Hilfe holen. Vielleicht sollte ich doch meinem ersten Gedanken folgen und zurückgehen, Mariela suchen. So würde ich weder aufgeben noch Selbstmord begehen. Ich wollte schon aufstehen und den Rückzug antreten, als ich Schritte hörte, die durch den Schlamm auf mich zukamen. Das waren bestimmt die Polizisten. Aber man muß nur an etwas Schreckliches denken, damit es nicht eintritt. Weil dann nämlich was noch Schlimmeres passiert.

Ich drehte mich um, stand so flink auf, wie ich konnte, und da waren sie schon, ein Meter von mir entfernt, der Perro und seine drei Freunde.

»Was hast du hier zu suchen?« schrie mir der Perro aus zwanzig Zentimeter Entfernung ins Gesicht.

Was sollte ich darauf antworten? Ehrlich gesagt wußte ich inzwischen nicht mehr, ob ich wegen Diegos Ball da war, wegen des entführten Pinocchio, wegen des Versprechens, das ich Patricia gegeben hatte, meinetwegen oder vielleicht wegen allem zusammen.

»Ich hab Patricia versprochen, ich würde ihr den Ball von Maradona zurückbringen. Außerdem ist Pinocchio da drin«, sagte ich und zeigte auf den Hangar, »entführt.«

»Wart ihr zusammen? Haben ihn die Gardelitos geschnappt?«

»Ja.«

Er sah zum Hangar und dachte nach. Es bestand immerhin noch die Möglichkeit, daß sie mich an die Gardelitos auslieferten und so zwei Fliegen mit einer Klappe schlugen: Mich wurden sie los, und mit denen da drinnen stellten sie sich gut. Auf der anderen Seite fand ich es beruhigend, daß es nun nicht mehr von mir abhing, was passieren würde. Vielleicht war es sogar besser, daß sie mich an die Gardelitos auslieferten, denn da war ja Pinocchio. Der Perro ging einen halben Meter vor und sah zum Stützpunkt. Dann kehrte er um und sagte zu einem seiner Freunde:

»Che, Rata, bist du sicher, daß es von hinten einfacher ist?«

Der Rata ging nun seinerseits ein bißchen näher hin und deutete auf den dahinterliegenden Teil. Die zwei waren wie ein General und sein Stellvertreter, die ihren Schlachtplan besprachen. Die anderen beiden waren weiter hinten stehengeblieben. Ich ging näher zu Perro und Rata hin, um mitzubekommen, was sie da ausheckten.

»Es ist leichter, wenn sie vorne sind. Jetzt dürften es fünf oder sechs sein. Also wenig. Ist kein Problem, die hierherzutreiben«, sagte Rata.

Perro nickte, stand schweigend da, überlegte noch ein paar Sekunden und befahl dann:

»Wir werden es folgendermaßen machen: Ihr«, sagte er und zeigte auf die anderen beiden, »nehmt euch Steine und werft bei den vorderen Fenstern die Scheiben ein. In der Zwischenzeit gehen der Rata, unser Freundchen hier und ich hinters Haus und klettern rein. Ihr rennt weg, wenn die Typen rauskommen, rüber über den Camino Negro, und da wartet ihr an der Bushaltestelle auf uns.

Dann mal los«, sagte er und fügte etwas hinzu, das mir mehr weh tat als sonst was: »Ich hab Pato ebenfalls versprochen, daß ich ihr den Ball bringe.«

Meine Klamotten wogen fünfzig Kilo, und ich hatte nicht mehr soviel Kraft wie heute morgen. In dem Schlamm zu rennen, und das auch noch gegen den Regen, war praktisch unmöglich. Ich fiel an die dritte Stelle zurück, versuchte aber nach wie vor, mit den anderen beiden Schritt zu halten, die besser in Form waren als ich. Wir kamen an eine Mauer, die den hinteren Teil des Hangars bildete. Die Straße konnte ich ganz genau erkennen, weil sie immer wieder flüchtig von vorbeifahrenden Autos beleuchtet wurde. Seit wir Fiorito betreten hatten, war ich nicht mehr so nah dran gewesen, wieder rauszukommen. Ich mußte nur fünfzehn Meter weit gehen, um ein paar Erdhügel rum, rüber über einige Baumstämme, und schon wäre ich auf der anderen Seite. Dann könnte ich eine Telefonzelle suchen und meinen Onkel anrufen, mein Geld würde sogar reichen, um nach einem Taxistand Ausschau zu halten und endgültig von hier wegzukommen.

»Da müssen wir rauf«, sagte der Perro zu mir. »Du und ich klettern zuerst hoch, und dann helfen wir dem Rata.«

Ich dachte schon, ich spinne, als ich sah, was ich sah: Auf der Ausfallstraße, auf der vom Hangar am weitesten entfernten Spur, hatte ein Lastwagen angehalten. Allein das war schon merkwürdig, weil auf dieser Seite nichts war, und wenn es Besucher der Gardelitos gewesen wären, hätten sie vor dem Eingang zum Hangar geparkt. Aber das Unglaublichste kam erst noch: Aus dem hinteren Teil des Lasters stieg der Weihnachtsmann aus, ohne sich um den Regen zu scheren, der auf ihn niederging. Er zog sich die Kleidung zurecht, hielt sich den Bauch wie eine Schwangere und blickte in die Ferne. Das heißt, dahin, wo der Hangar war.

»Was ist das denn?« fragte ich.

Der Perro und der Rata blickten in die Richtung, in die ich zeigte, und schauten genauso verblüfft aus der Wäsche wie ich. Der Rata sagte:

»Che, hast du nicht gesagt, den Weihnachtsmann gibt's nicht?«

»Was weiß ich«, sagte der Perro. »Muß'n Fake sein.«

An ihren Gesichtern konnte ich nur schwer ablesen, inwieweit sie es ernst meinten. In dem Moment kamen sie mir vor wie die zwei dummen Hunde aus der Zeichentrickserie. Ich hätte auch noch bösartigere Vergleiche gefunden, wenn wir nicht das Signal gehört hätten, auf das wir gewartet hatten: das Splittern von Glas. Danach hörten wir Schritte, die sich von uns entfernten, Türen, die

aufgingen, noch mehr splitterndes Glas und Gerenne.
Möglich, daß der Weihnachtsmann immer noch im Regen
stand und zuschaute, aber wir hatten Besseres zu tun.
Rata stellte sich unten hin und machte eine Räuberleiter,
damit wir über seine Hände und Schultern auf die Mauer
hochklettern konnten. Oben setzten wir uns hin, bückten
uns nach vorn und zogen Rata rauf. Alle drei fielen wir
dann auf der anderen Seite runter und landeten in einem
fast leeren Hof.

Mit einem Stock, den er in einer Ecke gefunden hatte,
drückte Rata – der den Ort gut zu kennen schien – ein
Fenster auf, und wir stiegen ein. Drinnen war wenig
Licht, aber genug, um zu erkennen, daß es kein Abstell-
platz für Flugzeuge war. Es war ein Elektrogeräteladen.
Da standen Fernseher rum, Computer, Videorekorder,
Kühlschränke und noch viel mehr, was mein Blick nicht
alles erfassen konnte. Der ganze Raum war mit Produk-
ten vollgestopft: in Kisten, verstreut, in Plastiktüten ver-
packt, in Regalen, auf dem Boden, ordentlich gestapelt.
Vorsichtig darauf bedacht, ja nicht zu stolpern, durchquerten wir den riesigen Raum und kamen in einen anderen, wo es genauso aussah: Stereoanlagen, Videospielkonsolen, Küchenmaschinen. Es hätte mich nicht überrascht,
wenn ich im nächsten Raum tatsächlich auf ein Flugzeug
gestoßen wäre.

»Der Ball ist wahrscheinlich in der Geldkammer«, sagte Rata. »Wir müssen über den Flur und dann rein, aber
fix.«

Damit war endgültig klar, daß Rata den Ort kannte,
woher, fragte ich mich lieber nicht. Was Rata die »Geldkammer« genannt hatte, war ein Hinterzimmer, das auf
der anderen Seite des Gebäudes lag. Um dorthin zu kommen, mußte man an einer Seite des größten Raums ent-

lang, durch den einzigen, in dem Licht brannte. Wir spähten rein und entdeckten Pinocchio, der gefesselt auf dem Boden saß und von zwei Gardelitos bewacht wurde. Die anderen waren garantiert denen nachgerannt, die ihnen die Scheiben eingeworfen hatten. Überall im Zimmer lagen Glassplitter.

»Wir müssen einzeln da durch«, sagte der Perro.

Er ging zuerst, schlich hinter einigen Möbeln und Kisten vorbei. Die beiden Gardelitos starrten zu gebannt durch die kaputten Fenster, als daß sie sich um ein paar Mäuse gekümmert hätten, die zwischen den Möbeln rumkrabbelten. Ich hätte Pinocchio gern ein Zeichen gegeben, um ihn zu beruhigen, hätte ihm gern gezeigt, daß ich da war. Wobei ihm wahrscheinlich die Anwesenheit von Perro und seiner Gefolgschaft gar nicht gefallen hätte.

Als nach dem Perro ich dran war, hatte ich nicht die Nerven, meine Aufmerksamkeit auch noch auf Pinocchio zu richten und ihn zu grüßen. Ich war einzig und allein darauf bedacht, daß die Köpfe und die Waffen der Gardelitos weiterhin nach draußen zeigten.

In der Geldkammer standen ein Schreibtisch, einige Vitrinen, und an der Wand hing ein Bauernkalender.

»Jetzt müssen wir suchen«, sagte Rata.

Wir mußten die Kisten durchwühlen, die Vitrinen, überhaupt alle Winkel in diesem Zimmer. Und es mußte schnell gehen, bevor die, die den Steinewerfern hinterhergerannt waren, zurückkehrten und auf die Idee kamen, das Haus zu durchkämmen. Außerdem mußten wir, wenn wir hier wieder rauswollten, den gleichen Weg zurückgehen, und das würde schwieriger sein, wenn alle Gardelitos im großen Zimmer wären. Wahllos durchforsteten wir alles. Wir fanden nichts, und die Zeit rannte uns davon. Jemand mußte sich an die Tür stellen, um auf jede Regung der Gardelitos zu achten.

»Rata, stell dich an die Tür.«

Aber es war nicht mehr nötig, denn bevor Rata von der Kiste abließ, die er gerade durchsuchte, ertönte in dem Zimmer der verfluchte Satz:

»Auf den Boden, meine Herren.«

Zwei Gardelitos richteten ihre Waffen auf uns, der eine ein Gewehr, der andere einen Revolver. Der mit dem Revolver war der Cabo Polonio.

»Ich hab's dir gesagt, Kleiner, komm mir bloß nicht in die Quere«, sagte er und schlug mir mit dem Gewehr so heftig in die Rippen, daß ich zu Boden ging.

»Hände in den Nacken!« schrie der andere, und wir drei gehorchten auf der Stelle. Sie tasteten uns ab, nahmen mir den Rucksack weg, machten ihn auf und lachten, als sie das Messer sahen.

»Wolltest du hier Melonen schneiden?«

Sie zogen uns an den Haaren hoch und zerrten uns aus dem Zimmer. Pinocchio schaute uns so an, wie ich geguckt haben muß, als sie ihn festnahmen. Dann ertönte wieder der verfluchte Satz:

»Auf den Boden, meine Herren«, brüllte einer übertrieben laut.

»Hände in den Nacken, aber bißchen plötzlich«, schrie ein anderer.

Genau in diesem Augenblick hörte ich den ersten Schuß.

Heiligabend

»Keiner rührt sich, der Weihnachtsmann.«

Das sagte der Weihnachtsmann, als der erste Schuß ihn traf. Er war zum Haupteingang reingekommen, so wie er es wahrscheinlich immer machte, wenn er keinen Schornstein fand. Der Typ, der seinen Revolver auf uns gerichtet hielt, sah ihn zuerst und drückte sofort ab. Aber der Weihnachtsmann – der übrigens eine Sonnenbrille trug – fiel nicht tot um, nicht mal verletzt. Er fiel überhaupt nicht um. Er hob seine rechte Hand, in der er einen Revolver hielt, und rief seinen Satz – der sie vielleicht nicht einschüchtern, aber doch wenigstens verwirren würde:

»Keiner rührt sich, der Weihnachtsmann.«

Aber weder der Cabo Polonio noch der andere ließen sich einschüchtern, und sollten sie verwirrt sein, taten sie, was sie wohl immer taten, wenn sie verwirrt waren: sie schossen. Sie ballerten ihre Kugeln auf den Weihnachtsmann ab, der langsam, aber mit sicherem Schritt auf sie zukam, ohne daß die Kugeln mehr bewirkten, als ihn auf seinem Vormarsch kurz zu bremsen.

»Ho ho ho ho«, sagte der Weihnachtsmann, die Waffe weiterhin auf sie gerichtet. Ich kannte sie nur zu gut, diese Stimme.

Hinter dem Weihnachtsmann kamen die anderen vier Gardelitos zur Tür reingerannt.

»Kommt her«, schrie der Ayudante Balizas, der offenbar kurz vor einem Nervenzusammenbruch stand.

»Wir müssen hier weg«, sagte ein anderer.

Der Hangar der Gardelitos war ein solides Gebäude, wahrscheinlich das solideste in ganz Villa Fiorito. Und so geschah an diesem Heiligabend, nachdem sich der Weihnachtsmann als unsterblich erwiesen hatte, noch ein zweites Wunder: Das Haus fing an zu wackeln wie bei einem Erdbeben, die Wände schienen zu zittern, die Möbel zu wandern und alles gleich einzustürzen. Draußen wurde das Prasseln des Regens von einem lauter werdenden Murmeln übertönt, von schreienden Stimmen, die das Haus umzingelten. Die Fenster wurden endgültig eingeschlagen, die Vorhänge weggerissen, und plötzlich guckten lauter Menschen rein. In der Tür tauchten Róger, Ramón, der Schlaks und der Große Equi auf. Dahinter, immer noch in kurzen Hosen, der harte Kern von Boliviens Herz. Sie hatten Knüppel dabei, Hämmer, Ketten, Steine. Um das Überfallkommando komplett zu machen, kam auch noch, fast wie ein drittes Wunder und ohne zu hinken, Pablo hinterher.

Die Gardelitos liefen den Weg zurück, den wir gekommen waren, also nach hinten raus, bestimmt sprangen sie über die Mauer, um über den Camino Negro im Nichts zu verschwinden, jedenfalls ganz weit weg von hier. Einige von denen, die gerade reingekommen waren, hätten sie verfolgt, wenn der Schlaks und der Weihnachtsmann sich ihnen nicht in den Weg gestellt und es verboten hätten.

»Dem fliehenden Feind soll man goldene Brücken bauen«, sagte der Weihnachtsmann, das heißt, mein Onkel Roberto, während er den falschen Bart und die Sonnenbrille abnahm. Der Rata, der Perro und ich standen auf. Mir taten die Rippen weh, aber weil ich mich freute, so viele geliebte Menschen zu sehen, vergaß ich den Schlag, den mir der Cabo Polonio verpaßt hatte, schnell. Róger und Ramón hatten Pinocchio die Fesseln abgenommen. Draußen schlugen Dutzende von Leuten weiterhin Fenster ein und wollten die Wände niederreißen, als wäre dieses Haus eine neue Berliner Mauer. Der Schlaks hatte einen Vorschlaghammer in der Hand und schlug damit auf die Wände ein. Jedesmal, wenn ein Ziegelstein raussprang, sagte er »Vergib mir, Herr, vergib mir«, aber seine Stimme klang nicht fromm, sondern frohlockend.

Mein Onkel legte die Bischofsmütze und die rote Jacke ab:

»Diese Verkleidung benutzt die dänische Geheimpolizei. Ist rundum kugelsicher, sogar der Bart und die Brille sind kugelsicher. Ich glaube, ich werde ein paar davon importieren.«

Wir waren nicht zum Spaß hier. Pinocchio und ich sahen uns an:

»Er ist wahrscheinlich in der kleinen Kammer«, wiederholte ich das, was der Rata vorhin gesagt hatte. Alle vier, dazu der Perro und der Rata, rannten wir hin.

Wieder durchwühlten wir die Kisten, aber diesmal mußten wir nicht lange suchen.

»Hier ist er«, sagte Pablo.

In einer Kiste, auf der »Loft Computer« stand und in der mal ein Monitor gewesen ist, lag er: der Ball von Diego. Der erste Ball, mit dem Maradona gespielt hat. Fussels Pille. Größe eins, ein winziger Ball, genau richtig für die kleinen Füße des dreijährigen Diego, ein Lederball, aus Lederflicken, wie sie auch Schuster benutzten, ein ausgeblichener Ball, der auf dem Boden der Kiste glänzte, so wie eine Perle in einer Auster glänzt, so wie Schätze glänzen, die man sich erträumt. Wir waren hin und weg, trauten uns nicht mal, die Kiste zu berühren.

»Alles klar, ich nehm ihn mit«, sagte der Perro.

»Immer mit der Ruhe, den Ball hat Pablo gefunden, also nehmen wir ihn mit. Und überhaupt verdankt ihr zwei euer Leben seinem Onkel, also macht keinen Scheiß«, würgte Pinocchio sie ab.

Es folgten gegenseitige Beschimpfungen, sogar Prügel

wurden angedroht, aber der Perro war nicht blöd, er wußte ganz genau, daß man sich mit Pinocchio lieber nicht anlegte und daß vier besser prügeln können als zwei, und da waren die anderen, die draußen waren, noch nicht mitgezählt.

Pablo machte die Kiste zu und nahm sie mit zum großen Raum.

»Weißt du, was in den anderen Räumen ist?« fragte ich Pinocchio.

»Ja, Diebesgut, das sie Schmugglern gestohlen haben. Diebe, die Diebe bestehlen«, sagte er und ging zu Róger und Ramón. Er wechselte ein paar Worte mit ihnen, dann redeten sie mit dem Schlaks, der schließlich zustimmend nickte.

Die Leute schwärmten in die Zimmer aus. Raus kamen sie mit einem Fernseher, mit einem Radiorekorder, mit einem Entsafter. Niemand stritt sich mit jemandem, sie nahmen alles mit, was sie fanden, aber geordnet, wie fleißige Ameisen.

»Nun ist der Weihnachtsmann doch noch nach Villa Fiorito gekommen«, sagte Pablo.

Einige hatten ihre Karren geholt, um die Sachen abzutransportieren, andere trugen zu mehreren Kühlschränke, Tiefkühltruhen, die ein oder andere Waschmaschine weg.

Ich erinnerte mich an Titi und an Eli. Ich sagte zu Pinocchio, er sollte mitkommen, ich hätte in einem der Zimmer was Interessantes gesehen. Da waren sie, neben den Videospielkonsolen, übereinandergestapelt, als lägen sie in den Grabnischen eines Spielzeugfriedhofs: eine unglaubliche Menge an Barbiepuppen. Ich griff mir zwei. Eine warf ich Pinocchio zu.

»Die kannst du morgen Titi bringen«, sagte ich.

»Ich glaub nicht, daß ich sie morgen sehe.«

»Sei kein Idiot und geh jetzt«, sagte ich und wiederholte damit genau den Satz, den seine Cousine gesagt hatte.

»Okay, ich bring ihr die Puppe vorbei, und dann ist gut. Titi hat sie verdient.«

Ich stellte mir vor, wie die Kleinen aus der Siedlung am nächsten Tag mit den Nintendos oder Segas spielten, und meiner Meinung nach konnte es für diese Kids gar kein besseres Weihnachten geben. Trotzdem war da noch was, das mir nicht ganz in den Kopf wollte:

»Che, Pinocchio, diese Leute haben doch gar keinen Strom.«

Er machte diese typische Bewegung mit den Schultern.

»Manche schon ... Morgen kommen wir her und zapfen für alle die Leitung an.« Und dann lachte er so schallend, wie ich ihn noch nie habe lachen hören.

Die Details würde ich später erfahren. In der Zwischenzeit, während die Leute den Hangar der Gardelitos endgültig dem Erdboden gleichmachten, konnte ich die Geschichte grob rekonstruieren.

Ezequiel erzählte mir, daß Boliviens Herz gegen Die Überflieger von Fiorito gewonnen und dann die Überflieger gegen Es lebe Gardel unentschieden gespielt hatten, während immer mehr Zuschauer herbeigeströmt waren, um zu feiern, daß die Mannschaft der Polizisten das Finale verloren und Boliviens Herz den Pokal gewonnen hatte. Die Gardelitos machten während der Partie, die sie nicht gewinnen konnten, einen unglaublichen Aufstand (sie bedrohten den Schiedsrichter und die Gegner), und dann versuchten sie auch noch, sich das Preisgeld unter den Nagel zu reißen, obwohl sie nur Zweiter geworden waren. Die Leute wurden richtig sauer und legten sich mit den Polizisten an. Jemand warf einen Steinbrocken auf den Oficial Chuy und erwischte ihn direkt am Schädel. Ach was, nicht jemand, Róger. Die Gardelitos nutzten die Situation aus, holten Waffen raus, schossen in die Luft und klauten in dem allgemeinen Tumult das Geld. Unter dem Publikum waren auch viele aus der Siedlung, und die mußte man nicht lange aufwiegeln, die rannten von ganz allein hinter den Gardelitos her. Einige konnten sie unterwegs schnappen, und die vermöbelten sie dann gründlich, wobei die Uruguayer dafür zu sorgen versuchten, daß die Sache nicht aus dem Ruder lief. Eine Gruppe der Gardelitos konnte abhauen. Und das waren die, die Pinocchio gefangennahmen.

Mein Onkel hatte am Morgen von der Sache erfahren, durch Pinocchios Nachricht. Er machte den Gemüseladen auf, und als wir um drei noch nicht zurück waren, beschloß er, Maßnahmen zu ergreifen. Den Verdacht, daß die Polizisten, die Schutzgeld von ihm erpressen wollten, Teil einer Bande waren, hatte er schon länger gehabt, nur hatte er nicht gewußt, wie diese Bande hieß. Er fragte einige Anwohner, und dadurch fand er raus, wer die Gardelitos waren und wo sie ihre Kommandozentrale hatten. Und was es mit dem Ball von Maradona auf sich hatte, erzählten sie ihm ebenfalls.

Kurz nach drei holte er bei einem Bekannten von der Zollabfertigung das Weihnachtsmannkostüm ab. Dann fuhr er nach Turdera, um den Laster zu holen, mit dem sein Freund immer das Obst anlieferte. Schließlich machten sie noch einen Abstecher in das Viertel Los Perales, wo er ebenfalls so seine Kontakte hatte, um alles zu besorgen, was er brauchte.

»Zehn Hooligans von Chicago. Die mußte ich nicht lange bitten. War aber nicht nötig, sie einzusetzen.«

Als mein Onkel aus dem Laster stieg, sah er eine Menschenmenge auf sich zukommen. Der Instinkt sagte ihm, daß diese Leute keine Feinde waren, sondern ganz im Gegenteil. Und als er unter denen ganz vorne Ezequiel und Pablo erkannte, wußte er, daß ihn sein Gefühl nicht getäuscht hatte. Er ging zu ihnen hin, bevor sie an dem Haus ankamen. Viele blieben verdattert stehen, als sie den Weihnachtsmann auf sich zukommen sahen. Als mein Onkel seinen Bart abnahm, erkannte Ezequiel ihn, sagte den anderen, wer er war, und mein Onkel erklärte ihnen das mit der kugelsicheren Kleidung.

»Ich hab sie gebeten, daß sie mich zuerst reingehen lassen, weil ich ja einen guten Schutz hatte und sie nicht.«

Während mein Onkel seine Geschichte zu Ende erzählte, verließen wir das Haus, das kaum noch auf seinen Grundmauern stand. Ich trug die Kiste mit dem Ball und hatte das Gefühl, als wäre da drin das Junge eines mythischen Tiers. Der Perro und der Rata zogen ab, ohne sich zu verabschieden, wobei sie sich eine hübsche Belohnung gönnten: einen Fernseher und einen Videorekorder, der sie mehr zu interessieren schien als Diegos Ball.

Der Regen hatte fast aufgehört, ab und zu fielen noch Tropfen, die so fein waren, daß man es kaum aushielt nach der Prügel, die wir in den letzten Stunden bezogen hatten.

»Gehen wir, die Jungs im Lastwagen warten auf mich«, sagte mein Onkel.

»Da drin sitzen die Fans von Chicago?«

»Eine Nachhut kann nie schaden. Ich setze euch alle zu Hause ab. Aber zuerst fahren wir zu mir, wenn ihr wollt, da könnt ihr euch ein bißchen saubermachen, sonst reißen euch eure Mütter den Kopf ab.«

»Oder kriegen einen Herzinfarkt«, sagte Pablo.

Wir gingen raus aus Fiorito, rüber über den Camino Negro zum Lastwagen.

»Wie spät ist es?« fragte mich Pinocchio.

Ich sah auf die Uhr. Sie zeigte irgendwas an. War wohl bei einem Sturz kaputtgegangen.

Wir stiegen auf die Ladefläche des Lastwagens, und da saßen tatsächlich die zehn Gorillas, fast alle in der schwarzgrünen Fankluft, die in Mataderos obligatorisch war. Mein Onkel sagte zu ihnen, es wäre falscher Alarm gewesen, woraufhin sie alle trübe Gesichter machten. Sie hatten Lust loszuschlagen.

Ich bat meinen Onkel, mich in der Ejército de los Andes abzusetzen, bei dem Weg, der zu Patricias Haus führte.

»Che, Pinocchio«, sagte ich, während wir auf dem Boden des Lasters saßen und uns ausruhten, »ich hab mitbekommen, daß du den Abend mit deiner Mutter verbringen willst.«

»Hm.«

»Und ich werde den Abend mit meiner Mutter und meinem Onkel verbringen. Warum kommt ihr nicht zu uns?«

»Meinst du?«

»Was weiß ich, es gibt kaltes Brathähnchen, Russischen Salat, das übliche halt.«

»Ich glaub, meine Mutter wollte auch Hähnchen machen.«

»Dann schmeißen wir die Hähnchen zusammen.«

»Mein Mutter geht nicht gern aus.«

»Dann mußt du sie eben überreden.«

»Stimmt, wird ihr gut tun, wenn sie mal ein bißchen rauskommt.«

Vor dem Eingang zu Fiorito stieg ich aus. Es hatte aufgehört zu regnen, aber meine Klamotten waren immer noch feucht. Außerdem war es kühler geworden, und deshalb fror ich am ganzen Leib. Bestimmt würde ich mich erkälten. Ich trug die Kiste mit Diegos Ball, und oben drauf hatte ich die Barbie für Eli gelegt. Ich betrat Villa Fiorito, ohne zu bemerken, daß ich Villa Fiorito betrat. Die Grenze spielte keine Rolle mehr für mich. Sie hatte nichts mehr zu bedeuten.

Ich nahm den Durchgang, der in die Straße mündete, wo Pato wohnte. Drinnen war Licht. Ich klopfte an die Tür. Kurz darauf machte Patricia auf. Sie umarmte mich, küßte mich, schaute mich an, als käme ich gerade vom Krieg heim. Die Kiste hatte ich auf den Boden gestellt, um Patricia besser umarmen zu können. Ich nahm ihr Gesicht in meine Hände und sah ihr in die Augen. Das Dummerchen weinte. Schwer, da einen auf männlich zu machen.

Sie hatte einen Jeansrock und ein einfarbiges T-Shirt an, ohne die üblichen Aufschriften. Über dem T-Shirt trug sie das Kettchen mit dem A wie Anarchie, wie Ariel. Ich sagte, ich hätte den Ball von Diego, und da wurden ihre Olivenaugen zu zwei Minimelonen. Sie fragte mich, ob bei mir alles okay wäre, ob ich Probleme gehabt hätte.

»Nichts, was mich von dir trennen könnte, Kleines.«

Da fiel mir der Perro wieder ein, und ich fragte sie, ob sie auch ihn beauftragt hätte, nach dem Ball zu suchen.

»Ich hab niemanden beauftragt. Dich auch nicht.«

»Wär's dir lieber gewesen, wenn der Perro ihn dir gebracht hätte?«

»Ariel, ich mag dich. Und sonst keinen.«

Und ich hab's geglaubt.

Sie bat mich rein. Eli saß auf einem Stuhl, und neben ihr standen Tüten mit Päckchen drin.

»Wir sind auf dem Sprung«, sagte Pato. »Wir werden den Heiligabend bei Papa im Krankenhaus verbringen.«

»Eli, du wirst es mir nicht glauben, aber egal. Hör zu: Ich hab unterwegs den Weihnachtsmann getroffen, und er hat mir das hier für dich mitgegeben.«

Ich gab ihr die Barbie. Die beiden Mädchen flatterten umher wie glückliche Vögel. An den Ball von Diego dachte Patricia da gar nicht mehr, glaube ich. Sie war mehr an der Puppe interessiert als an sonst was.

Ich nutzte diesen Moment weiblicher Schwäche, um die Kiste zu öffnen. Da waren wir, er und ich, ganz allein. Ich senkte meine Hände hinein, so wie die Gläubigen ihre Hände in den Ganges tauchen. Ich nahm den Ball und spürte ihn zwischen meinen Fingern, das abgewetzte, aber saubere alte Leder, sauber für immer, von Ewigkeit zu Ewigkeit. Ich holte ihn aus der Kiste. Ich dachte kurz daran, ihn zu köpfen, ihn auf den Boden zu legen und meinen Fuß draufzustellen wie Riquelme, ihn mit dem Fuß aufzunehmen und Kunststückchen vorzuführen, so wie es Diego mit allem macht, was rund ist, aber ich traute mich nicht. Ich konnte das nicht, ich nicht. Noch war ich nicht so weit, würde es vielleicht nie sein. Zu viele Träume, zu viele Hoffnungen, zu viele Erfolge und Enttäuschungen hatten sich seit fast vierzig Jahren in diesem Ball abgelagert. Ich nahm ihn an die Brust, wie ein guter Torwart, wenn er nach einem gefährlichen Schuß den Ball sichert. Der Ball hat gepocht, ich schwör's.

Inhalt

Suhrkamp Verlag GmbH
Torstraße 44, 10119 Berlin
info@suhrkamp.de
www.suhrkamp.de